Jason Dark

Der Jenseits-Express

Jason Dark

Band 7

Der Jenseits-Express

unipart

Jason Dark: Der Jenseits-Express
Unipart bei area

Die Veröffentlichung dieses Werkes erfolgt auf
Vermittlung der Autoren- und Verlagsagentur
Peter Molden, Köln

Lektorat: Peter Thannisch
Coverillustrationen: Marc Robitzky
Einbandgestaltung: agilmedien, Köln
Layout und Satz: GEM mbH, Ratingen
Druck und Bindung: Oldenbourg Taschenbuch GmbH,
Hürderstraße 4, 85551 Kirchheim

Printed in Czech Republic 2006
ISBN-13 978-3-89996-807-1
ISBN-10 3-89996-807-7

www.area-verlag.de

Inhalt

Randolph Ritter (Randy)

Eigentlich heißt er Randolph, doch alle nennen ihn nur »Randy«. Er ist sechzehn, ist ein mittelprächtiger Schüler und kommt in der Schule immer gut mit. Sport gehört zu seinen Lieblingsfächern, danach kommt Mathe; die Begabung dafür hat er von seinem Vater geerbt. Randy trainiert Kampfsport und kann Karate. Er ist ziemlich groß, ohne schlaksig zu wirken. Sein Haar ist dunkelblond, manchmal mit einem Stich ins Braune. Seit seiner Geburt hängt ein Muskel am Mundwinkel schief, so dass es aussieht, als würde Randy immer grinsen. Randy ist da, wo die Action ist. Langeweile kennt er nicht, und er ist auch nicht der Typ, der den ganzen Tag vor der Glotze hockt. Ungerechtigkeit ist ihm zuwider. Ob in der Schule oder im »richtigen« Leben: Er setzt sich stets für die Schwachen ein, auch wenn ihm das schon so manches Mal Ärger eingebracht hat.

Toshikiara (Turbo)

Toshikiara ist Japaner und Randys Freund. Da sein Name schlecht auszusprechen ist, wird er kurz »Turbo« genannt. Turbos Eltern sind verschollen. In Japan hat er keine engeren Verwandten mehr. Die Familie Ritter hat ihn deshalb bei sich aufgenommen. Turbo besucht eine deutsche Schule. Die deutsche Sprache hat er in Japan gelernt, unter anderem auch durch den E-Mail-Kontakt, den er mit Randy geführt hat, nachdem sie sich in einem Chatroom über Manga-Comics kennen lernten. Als Erbe seiner Eltern besitzt Turbo ein altes Samurai-Schwert, dem magische Kräfte nachgesagt werden. Dieses Schwert hütet er wie einen kostbaren Schatz. Erstaunlich ist, dass Turbo kein Handy besitzt – und das, obwohl er doch Japaner ist. Doch er lehnt die ewig nervenden Geräte aus Prinzip ab. Er ist kleiner als Randy und trägt einen Bürstenhaarschnitt. Seiner asiatischen Mentalität entsprechend, reagiert er eher bedächtig. Wenn es aber sein muss und darauf ankommt, ist der fünfzehnjährige Turbo voll da.

Michaela Schröder (Ela)

Michaela Schröder, auch »Ela« gerufen, ist die Dritte im Bunde. Ela wohnt in unmittelbarer Nachbarschaft der Ritters; sie hat langes braunes Haar, ist eine gute Judo-Sportlerin, in allen Schulfächern irre stark und liebt besonders ihren Rauhaardackel, der auf den seltsamen Namen »Pitbull« hört. Sie hat noch einen kleineren Bruder namens Michael. Ihr Vater arbeitet beim Bau. Ela ist Randys Freundin, auch wenn sich die beiden hin und wieder streiten, dass die Fetzen fliegen. Michaela ist äußerst neugierig und schafft es immer wieder, genau dort aufzutauchen, wo die Action abgeht.

Ein böser Montag

Irgendwie sind Montage mies – sogar in den Herbstferien. Das Wetter konnte sich wieder einmal nicht entscheiden, ob es schlechter oder besser werden sollte, und die Sonne blinzelte hie und da verschämt durch ein Wolkenloch, als wollte sie erst darüber nachdenken, ob sie nun ihre Strahlen auf die Erde schicken sollte oder nicht. Da blieben viele Menschen, ob jung oder alt, am liebsten noch unter der Bettdecke.

Auch Randolph Ritter, kurz Randy genannt, sechzehn Jahre jung, mit dunkelblonden, leicht braunen Haaren, hatte keine Lust zum Aufstehen. Er lag im Bett, starrte gegen die Decke und ließ hin und wieder seinen Blick zum Fenster schweifen, wo die Zweige eines großen, bunt belaubten Baumes fast schon bis an die Scheibe reichten. Von einem tiefen Braun bis hin zum strahlenden Gelb leuchteten die Blätter in allen Farben des Herbstes.

Ein herrliches Bild, das Randy trotzdem nicht reizen konnte, sich aus dem Bett zu erheben. So drehte er sich auf die Seite und beschloss, noch eine Mütze voll Schlaf zu nehmen.

Seine Mutter war längst auf den Beinen. Aus der unteren Etage des schlossähnlichen Gebäudes hatte er ein paar Mal das Schlagen einer Tür vernommen: Marion Ritter war weggefahren, rasch zurückgekehrt und hatte sicherlich schon eingekauft.

Randy zog die Bettdecke bis zum Kinn hoch und schloss die Augen.

Er schlief tatsächlich noch einmal ein und hatte dabei das Gefühl, als würde die Umgebung in einen tiefen Schacht versinken, der alles andere schluckte, ihn selbst gleich mit.

Mit dem Rücken lag er zur Tür. Diese öffnete sich, und jemand huschte auf leisen Sohlen in das Zimmer. Er kam wie ein Dieb in der Nacht und sah sich genauso verstohlen um.

Ruhige Atemzüge vom Bett her verrieten ihm, dass Randy Ritter fest wie ein Murmeltier schlief.

Über das Gesicht des Eindringlings huschte ein Grinsen. Es war ein Junge in Randys Alter, nur stammte er nicht aus Europa, sondern aus Japan. Er war ziemlich breit in den Schultern, wirkte kompakter als Randy und hatte sein pechschwarzes Haar zur Bürste geschnitten. An den Haarspitzen glitzerten noch Wassertropfen, denn er war frisch geduscht.

In seinen Turnschuhen konnte er sich lautlos bewegen. Mit vorsichtig gesetzten Schritten näherte er sich dem Bett. Das Grinsen blieb auf seinem Gesicht, und die linke Hand hielt er hinter seinem Rücken verborgen.

Neben dem Bett blieb er stehen, senkte den Blick und schaute auf den Kopf des Jungen, der auf dem Kissen lag.

»He, du Penner –«

Randy rührte sich nicht.

»Keinen Bock aufzustehen?«

Diesmal gab Randy eine Antwort: Sie bestand aus einem schlürfenden Luftholen, dem ein Schnarchen folgte.

Der Junge aus Japan – er hießt Toshikiara, wurde aber wegen seines komplizierten Namens nur Turbo gerufen – brachte die linke Hand hinter seinem Rücken hervor.

Darin hielt er einen nassen Schwamm!

Randy schlummerte selig vor sich hin. Bis zu dem Augenblick, da Turbo den Schwamm genau über dem Gesicht des Freundes fallen ließ. Ein Volltreffer, der Randy aus den Tiefen des Schlafs in die Wirklichkeit zurückriss.

»Haaarrr –!« Er schnellte hoch, ruderte mit den Armen, was Turbo hatte kommen sehen. Er war sicherheitshalber zwei Schritte zurückgetreten, so dass ihn die Fäuste verfehlten.

Randy ruderte noch immer mit den Armen. Er checkte die Sache nicht. Erst als er Turbos helles Lachen hörte, merkte er, was die Glocke geschlagen hatte. Mit dem Ärmel des Schlafanzugs wischte er über sein nasses Gesicht und drehte sich um.

»Guten Morgen!«, sagte Turbo fröhlich.

Randy blinzelte ihn an. »Du wagst es, mir einen guten Morgen zu wünschen, wo du dich so schändlich verhalten hast? Einen denkenden Menschen so brutal aus seinen –«

»Seit wann denkst du beim Schlafen?«

»Ich denke immer.«

»Dann denk mal daran, dass du aufstehen sollst. Deine Mutter ist schon leicht sauer.«

»Ich habe Ferien, außerdem sind mein Vater und Alfred in der Schweiz, das Wetter ist auch nicht gerade strahlend und –«

»Dafür wartet der Garten.«

Randy schwang müde die Beine über die Bettkante und suchte nach seinen flachen Schuhen.

»Welcher Garten wartet?«

»Unserer.«

»Was habe ich damit zu tun?«

»Hatten wir nicht versprochen, ihn winterfest zu machen?«

»Stimmt.«

»Na bitte.«

»Aber«, sagte Randy gedehnt, »ich habe keinen Tag angegeben. Morgen vielleicht oder übermorgen –«

»Da soll es regnen.«

Randy stand auf und zerwühlte sein Haar noch mehr. »Auf die Wetterfrösche kannst du nichts geben.«

»Soll ich deiner Mutter sagen, dass du keinen Bock hast, aufzustehen?«

Randy wehrte mit beiden Händen ab. »Nein, sag nichts. Der Friede ist mir wichtiger als mein Schlaf.«

»Dann mach mal!« Turbo drehte sich um und verließ den Raum.

»In fünfzehn Minuten bin ich unten!«, rief Randy hinter ihm her, bevor er zum Fenster ging und einen Blick in den Garten warf, wo seine Mutter, eine hoch gewachsene Frau mit blonden Haaren, dabei war, die Geräte nach draußen zu stellen: Spaten, Harke und Schaufel. Nicht gerade das, was Randy liebte.

Wie es der Zufall wollte, schaute seine Mutter an der Hausfront hoch und sah ihren Sohn hinter dem Fenster.

Sie hob einen Arm, krümmte den Zeigefinger und winkte ihm zu. Die Miene, die sie dabei machte, verhieß nichts Gutes.

Randy grinste, bevor er sich rasch zurückzog, frische Unterwäsche mitnahm, den Raum verließ und in das Bad ging, das sich auf derselben Etage befand.

Unter den Strahlen der Dusche dachte Randy nach und kam zu dem Entschluss, dass sein Vater eigentlich zu beneiden war. Er hielt sich zusammen mit Alfred, dem »guten Geist« im Hause Ritter, in der Schweiz auf. Leider nicht zum Vergnügen, wie Dr. Peter Ritter vor seiner Abreise betont hatte. Es gab da eine Sache, für die er eingesetzt worden war.

Offiziell arbeitete Dr. Ritter als Ingenieur. Sein so genanntes »Labor« befand sich in einem Turmanbau an der Seite des schlossähnlichen Hauses. Für Randy und seine Freunde war das Labor tabu.

Mittlerweile wusste er, dass sein Vater nicht nur Wissenschaftler war. Er arbeitete auch für die Regierung, und da rutschte er manchmal in verflixt heiße Jobs hinein, die sogar lebensgefährlich werden konnten.

Randy und Turbo hatten am eigenen Leib erlebt, wie heiß diese Jobs waren. Über Langeweile konnten die beiden Jungen nicht klagen, und auch die Dritte im Bunde, Michaela Schröder, teilte oft genug ihr aufregendes Leben. Sie wurde auch Ela genannt, und die drei Freunde hatten zusammen schon manches Abenteuer bestanden.

Randy rubbelte sich die Haare trocken, fuhr mit der Bürste über seinen Strubbelkopf, streckte sich im Spiegel die Zunge heraus und zog danach frische Wäsche an. Aus seinem Zimmer holte er eine graue Jeans und einen hellblauen Sweater mit dem Aufdruck einer amerikanischen Universität auf der Brust. Dann ging er nach unten in die große Küche.

Jetzt plagte ihn schon ein schlechtes Gewissen, denn seine Mutter und Turbo waren längst im Garten. Er hörte ihre Stimmen durch das offen stehende Fenster.

Auf dem Tisch stand ein Körbchen mit verschiedenen Brotsorten und auch Brötchen. Käse und Wurst lagen auf einem Teller. Randy schenkte sich Kakao ein und begann zu essen. Die Tageszeitung lag auf der Eckbank. Er nahm sie und begann zu lesen.

»Entweder essen oder lesen!«, sagte eine Stimme, und eine Hand zog ihm die Zeitung weg.

Marion Ritter stand neben ihrem Sohn. Ihr Gesicht war leicht gerötet und verschwitzt. Eine Haarsträhne fiel ihr in die Stirn und klebte mit der Spitze dort fest.

»Hallo Mutti.«

»Auch endlich wach, Herr Sohn?«

»Ja.« Randy nahm einen Schluck Kakao. »Eigentlich wollte ich noch liegen blieben, doch Turbo hat mich geweckt. Da konnte ich einfach nicht widerstehen.«

»Klar.«

Seine Mutter schenkte sich eine Tasse Kaffee ein. Sie war jetzt wieder den ganzen Tag zu

Hause. Zwischendurch hatte sie mal bei einer Freundin ausgeholfen, die einen Antiquitätenladen führte, doch diese Freundin hatte sich als faules Ei erwiesen und die Ritters sehr enttäuscht.

»Was soll ich denn im Garten tun?«, fragte Randy.

»Du kannst einige Bäume beschneiden. Es muss auch noch umgegraben werden.«

»Alles heute?«

Marion Ritter lächelte. »Turbo wird dir helfen. Er ist übrigens schon bei der Arbeit.«

»Wie schön für ihn.«

»Werd jetzt nicht frech, Freundchen«, mahnte Marion Ritter. »Jeder hat hier Rechte und auch Pflichten.«

»Schon gut, Mum, schon gut.«

Frau Ritter wollte das Zimmer verlassen. An der Tür blieb sie aber stehen und machte ein nachdenkliches Gesicht.

»Ist was?«

Sie nickte. »Ja, Randy. Du hast in der Nacht sehr fest geschlafen, nicht wahr?«

»Klar. Wieso? War was?«

»Ich weiß nicht.« Sie hob die Schultern. »Irgendwie hatte ich das Gefühl, als hätten wir Besuch bekommen. Ungebetenen Besuch. Aber vielleicht war es nur Einbildung.«

»War die Alarmanlage eingeschaltet?«

»Ja.

»Na denn –«

»Bis gleich dann«, sagte Marion Ritter und begab sich wieder in den Garten.

Randy aß weiter. Dabei dachte er über die Bemerkung seiner Mutter nach. Er war ein wenig beunruhigt. Okay, es gab eine Alarmanlage im Haus, aber die konnte man auch außer Betrieb setzen, wenn man es nur geschickt genug anstellte. Die Ritters lebten zwar nicht gerade auf einem Pulverfass, doch über ihnen und dem »Schloss« schwebte stets so etwas wie ein Hauch von Gefahr.

Randy trank seine Tasse leer und nahm noch eine Schnitte Schwarzbrot mit in den Garten. Zwischen den beiden Hälften lag eine Scheibe Schinken, den er sehr gern aß.

Turbo fand er in einem Apfelbaum. Am Stamm lehnte eine Leiter, die Frau Ritter festhielt. Der Junge aus Japan war dabei, einige Äste zu kürzen. Im letzten Jahr war der Baum sehr in die Breite gewachsen.

»Ja, Turbo, das ist gut. Und jetzt nimm dir bitte den Ast rechts neben dir vor!«

»Ist klar, Frau Ritter.«

Marion wandte den Kopf. »Ach, da bist du ja«, sprach sie ihren Sohn an. »Pack dir die zweite Leiter und nimm dir bitte den Birnbaum vor. Ich komme gleich zu dir.«

»Noch nicht, Mum. Da kommt jemand.«

Randy hatte den Jungen entdeckt, der auf seinem Fahrrad auf den Garten zuradelte. Er war von der Frontseite gekommen, die zur Straße hin lag, und hatte um das »Schloss« herumfahren müssen. Die Rückseite des Gebäudes lag zum Rhein hin. Man hatte von den oberen Fenstern aus einen herrlichen Blick auf den breiten, träge dahinfließenden Strom.

Der Junge klingelte, um schon von weitem auf sich aufmerksam zu machen. Randy kannte ihn. Er wohnte in der Nachbarschaft von Michaela Schröder und war vier Jahre jünger als Randy.

»Hallo, Jens! Was treibt dich denn her?«

Jens stemmte sich in den Rücktritt und brachte sein Rad neben Randy Ritter zum Stehen. »Ich habe was für euch.«

»Und?«

»Das kann ich nur deiner Mutter geben.«

»Was kannst du nur mir geben?« Frau Ritter hatte die letzten Worte des Jungen gehört und kam heran.

»Den Brief hier.« Der blondhaarige Jens mit der Stupsnase wühlte in der Außentasche seiner Windjacke und holte einen leicht zerknitterten Briefumschlag hervor. »Bitte –«

»Danke, Jens.« Frau Ritter nahm den Brief an sich, las die Adresse und schüttelte den Kopf.

Auch Randy, der seiner Mutter über die Schulter geschaut hatte, wunderte sich. »Der hat keinen Absender.«

»Genau.«

»Kann ich wieder fahren, Frau Ritter?«

»Klar, Jens.«

»Eine Belohnung brauchen Sie mir nicht zu geben. Ich habe von den beiden Männern fünf Euro bekommen.«

»Moment mal.« Randy hielt Jens fest. »Welche Männer meinst du?«

»Die mir den Brief gaben.«

»Kanntest du sie?«

»Nein, nie gesehen. Aber die wussten, wo ihr wohnt.«

»Was haben sie sonst noch getan?«

»Nichts, gar nichts. Sie gaben mir den Brief, die fünf Euro und gingen wieder.«

»Wohin denn?«

»Keine Ahnung.«

»Okay, Jens, danke.« Randy ließ den Jungen fahren und wandte sich an seine Mutter. »Das ist schon komisch, wie?«

»Und ob.«

»Du hast ihn ja noch gar nicht geöffnet, Mum!«

Frau Ritter nagte an der Unterlippe und starrte auf den Umschlag. »Ich weiß nicht, Randy. Irgendwie fürchte ich mich davor.«

»Soll ich den Umschlag öffnen?«

Sie lachte gezwungen. »Nein, das mache ich schon selbst.« Vorsichtig riss sie ihn auf. Mit spitzen Fingern zupfte sie ein weißes Blatt Papier hervor, faltete es auseinander und las.

Randy sah, dass seine Mutter auf einmal sehr blass wurde und einen unsicheren Schritt nach hinten ging, während ihr der Brief aus den Fingern rutschte.

Er flatterte neben ihr zu Boden. Bevor sie sich noch bücken konnte, war Randy abgetaucht. Er nahm den Brief an sich und las den Text mit halb lauter Stimme.

»In Ihrem Haus befindet sich eine Bombe. Warten Sie ab, tun Sie nichts, und keine Polizei!«

Es war wirklich ein verflixt mieser Montag.

Randy erging es wie seiner Mutter: Er stand da, starrte ins Leere und wusste nicht, was er sagen sollte. Das Blut war aus seinem Gesicht gewichen, die blassen Lippen hatte er zusammengepresst, und er atmete nur durch die Nase.

Eine Bombe im Haus! Wenn Randy darüber nachdachte, wurde ihm fast übel. Er glaubte nicht an einen Bluff. Damit trieb man keine Scherze, das war einfach zu schlimm.

Ihm fiel ein, dass seine Mutter ihn nach ungewöhnlichen Geräuschen in der Nacht gefragt hatte. Ob sie in der letzten Nacht tatsächlich Besuch von Bombenlegern bekommen hatten?

Das war möglich.

Turbo hatte von all dem nichts mitbekommen. Er turnte noch immer im Apfelbaum herum und beschnitt die Äste.

Frau Ritter fand die Sprache als Erste wieder. »Was sollen wir denn jetzt tun?«, fragte sie.

»Ich weiß es nicht, Mum. Die haben doch was von Abwarten geschrieben. Das sollten wir tun.«

»Ausgerechnet jetzt ist dein Vater nicht hier.«

»Kannst du ihn nicht erreichen?«

»Doch, schon.«

»Dann versuche es.«

»Gut.« Frau Ritter lief ins Haus. Die Telefonnummer des Hotels hatte sie sich notiert.

Turbo kletterte vom Baum und lief zu seinem Freund. Ihm war aufgefallen, dass irgendetwas nicht stimmte. »Hat es was gegeben?«, fragte er Randy.

»Und ob. Hier, lies mal den Brief.«

Auch Turbo war entsetzt. Es dauerte, bis er sich gefangen hatte. »Au je«, flüsterte er. »Das ist ja schlimm, wenn das stimmt.«

»Ich glaube daran.«

»Weshalb sollte denn jemand eine Bombe hier im Schloss platziert?«

»Das musst du die anderen fragen, ich habe keine Ahnung. Vielleicht hängt es mit dem Job meines Vaters zusammen. Bestimmt sogar. Da kocht was, sage ich dir.«

»Was sagt deine Mutter? Wird sie die Anweisungen befolgen?«

»Klar! Was soll sie sonst tun? Sie versucht, meinen Vater zu erreichen.«

»Der ist weit weg.«

Randy las noch einmal den Brief. Die Sätze waren mit einem Computerdrucker ausgedruckt worden. »Eine Bombe im Schloss.« Randy schaute in Richtung Rhein. Über dem Wasser lag eine leichte Dunstschicht. Die Schiffe waren nur verschwommen zu sehen. »Vielleicht sollten wir die Bombe suchen.«

»Das könnte ins Auge gehen!«, warnte Turbo. »Stell dir vor, du findest sie. Weiß du denn, wie man sie entschärft?«

Frau Ritter kehrte zurück. Die Jungen hörten ihre hastigen Schritte und drehten sich um.

»Da ist was passiert!«, flüsterte Randy. Er kannte seine Mutter. Wenn sie einen derartigen Ausdruck im Gesicht hatte, war etwas vorgefallen.

Marion Ritter verlangsamte ihre Schritte. Die letzten Meter legte sie zurück wie eine Greisin.

»Ist was mit Dad?«

Sie hob die Schultern. »Ich weiß es nicht, Randy. Ich kann es dir nicht sagen.«

»Hast du denn nicht angerufen?«

»Doch. Nur erklärte man mir, dass die beiden Herren im Hotel nicht mehr wohnten. Dein Vater und Alfred sind wieder abgereist.«

»Stimmt das?«, fragte Turbo. »Ohne uns etwas zu sagen? Sie – sie hätten anrufen können.«

»Das meine ich auch.«

»Dass sie es nicht getan haben, Mum, ist, wie ich meine, ein schlimmes Zeichen.«

Marion Ritter gab ihrem Sohn Recht. Sie nickte, und Randy sah Tränen in ihren Augen schimmern.

»Hast du versucht, ihn über sein Handy zu erreichen?«, fragte Randy.

»Ja, und auch die Nummer von Alfreds Handy habe ich probiert.« Sie zuckte mit den Schultern. »Sie haben ihre Geräte abgeschaltet. Beide. Ich konnte nur eine Nachricht auf die Mailbox sprechen.«

Randy nahm seine Mutter in den Arm. »Bitte, nicht weinen. Vielleicht ist ja alles ganz harmlos.«

»Glaubst du das?«

»Wenn ich ehrlich bin – nein.«

»Ich auch nicht. Vielleicht hängt es mit der Bombendrohung zusammen.« Frau Ritter atmete tief ein. »Ich habe das Gefühl, als würde Schlimmes auf uns zukommen.«

»Da kommt ein Wagen!«, meldete Turbo. Er hatte das Geräusch eines Fahrzeugs vor dem schlossähnlichen Haus vernommen.

Auch Randy war es nicht entgangen. Er schaute seine Mutter fragend an. »Erwartest du Besuch?«

»Nein, tu ich nicht.« Marion Ritter strich über ihr Gesicht. Sie war noch immer ganz durcheinander.

»Ich sehe mal nach.« Turbo rannte schon los. Randy blieb bei seiner Mutter. Er wollte sie jetzt einfach nicht allein lassen und lieber in ihrer Nähe bleiben.

Turbo war schnell zurück. »Da ist ein blauer Opel«, meldete er. »Kennt ihr den Wagen?«

»Nein«, sagte Frau Ritter.

»Wo steht er denn?«, wollte Randy wissen.

»Vor dem Haus.«

Jetzt schauten auch Randy und seine Mutter nach. Sie kamen gerade rechtzeitig, um zu sehen, wie zwei ihnen unbekannte Männer den Wagen verließen. Sie hatten die Ritters und Turbo noch nicht entdeckt, standen neben dem Fahrzeug und schauten sich um.

»Das riecht nach Ärger«, flüsterte Turbo.

Randy nickte nachdenklich. Allmählich hatte er das Gefühl, dass dieser verflixte Montag noch einige Überraschungen für sie bereithielt.

Da sollte er sich auch nicht täuschen. Montage sind manchmal besondere Tage …

Die Erpresser

Die beiden Männer standen vor dem schlossähnlichen Haus der Ritters wie Besucher, die das »Schloss« besichtigen wollten, sich aber nicht so recht trauten. Randy und seine Mutter hatten die Leute nie zuvor gesehen, deshalb versuchten sie, sich ihr Aussehen einzuprägen.

Sympathisch waren sie ihnen nicht!

Einer von ihnen, der mit den dunklen Haaren, trug auf der Oberlippe einen Bart, dünn und pechschwarz. Er sah künstlich aus, als hätte der Mann ihn angeklebt. Die Nase wuchs dem Bart krumm entgegen und beherrschte das ganze Gesicht, so dass die übrigen Merkmale zurücktraten. Wangen, Kinn, Mund – das alles wirkte irgendwie flach und auch bleich.

Der Mann trug einen dunklen Mantel, die Hände hatte er in die Taschen geschoben.

Sein Kollege sah ganz anders aus: kantig, eher wie ein Roboter, mit sehr breiten Schultern, über die das braune Lederjackett spannte. Sein Haar war streichholzkurz geschnitten, das Gesicht von Sommersprossen übersät, und er hatte eine kleine, fast schon klumpige Nase. Selbst aus der Entfernung fielen Randy die blassen Augen auf.

Vor diesem Typ konnte man sich fürchten. In manchen Bond-Filmen sahen so die Bösewichter aus.

Auf seinem Rücken spürte Randy eine Gänsehaut. Von den beiden Männern ging etwas Kaltes und Brutales aus.

Auch Marion Ritter fühlte sich nicht wohl. Randy sah, dass sie unruhig die Schultern bewegte, und sie räusperte sich erst, bevor sie sprach: »Die habe ich noch nie gesehen.«

»Vielleicht haben sie mit Vaters Verschwinden zu tun.«

Frau Ritter schrak zusammen. »Bloß nicht, Randy.«

»Soll ich zu ihnen gehen?«

»Nein, das mache ich.«

»Gut, Mum.« Randy schaute sich um. Turbo kam zu ihm. Auch der Junge aus Japan war von dem Besuch der beiden Männer nicht gerade begeistert. Er schaute fast verbissen drein.

»Sie sind Frau Ritter?«, rief der Dunkelhaarige und winkte. Seine Stimme hatte einen fast leutseligen Klang.

»Ja, das bin ich.« Marion Ritter trat zwei weitere Schritte vor.

»Dann sind wir hier genau richtig!«

»Wir kennen Sie nicht.«

»Das glaube ich Ihnen gern. Ich möchte mich vorstellen. Mein Name ist Schmidt, mit ›dt‹, bitte.« Er lächelte falsch und deutete auf den Kantigen. »Das ist mein Kollege Müller.«

»Ach wie nett«, entgegnete Randy. »Weshalb nennen Sie sich nicht Lehmann oder Schulze?«

Schmidt lachte. Es war ein hartes, freudloses Lachen ohne Herzlichkeit. »Junge, du bist richtig, das merke ich schon.«

»Was wollen Sie?«, fragte Frau Ritter scharf.

»Wir möchten mit Ihnen reden.«

»Tut mir Leid, wir ...«

»Aber Frau Ritter, ich bitte Sie. Sie haben doch eine Botschaft erhalten, nicht wahr? Einen Brief ohne Absender.«

Marion Ritter wurde blass, und Randy bekam einen roten Kopf. Er spürte, wie Wut in ihm hochstieg. Das merkte auch seine Mutter, die ihm zuflüsterte: »Bitte, Randy, reiß dich zusammen. Sei ruhig.«

»Klar, Mum, okay.«

»Ich schlage vor, dass wir hineingehen«, sagte der Mann, der sich als ›Schmidt‹ vorgestellt hatte. »Es ist auch für Sie besser, glauben Sie mir.«

Es blieb ihnen nichts anderes übrig, als die beiden Männer hineinzubitten. In der Halle schaute sich Schmidt um. Der Blonde stand neben ihm wie ein Automat. Er tat überhaupt nichts, hatte bisher auch kein Wort gesagt, hielt die Lippen zusammengepresst und schaute sich mit seinen kalten blassen Augen um.

Ohne aufgefordert worden zu sein, nahm Schmidt in einem der zur Sitzgruppe gehörenden Sessel vor dem Kamin Platz, streckte die Beine aus und legte die Arme auf die Lehnen. Müller blieb stehen, Frau Ritter und die beiden Jungen setzten sich nur zögernd.

Schmidt nickte bei seinen nächsten Worten. »Schön haben Sie es hier«, sagte er, »wirklich schön. Es wäre schade, wenn all das nicht mehr sein würde, oder nicht?«

»Was meinen Sie damit?«

»Aber Frau Ritter, ich bitte Sie. Was meine ich wohl? Die Bombe, die hier versteckt ist.«

»Dann wissen Sie, wo die Bombe liegt?«,fragte Randy aufgeregt.

Schmidt grinste ihn an. »Hattest du etwas anderes angenommen, Junge?«

Randy schluckte und spürte auf einmal die Hand seiner Mutter auf seinem Arm. Sie wollte ihm durch die Berührung klar machen, dass er sich zurückhalten sollte, doch das schaffte Randy nicht.

»Sagen Sie es uns!«, platzte es aus ihm heraus.

Schmidt lachte. Dann aber stand er ruckartig auf und starrte Randy böse an.

Der Sechzehnjährige starrte wütend zurück. Dieser Kerl gab sich so verdammt sicher. Am liebsten wäre Randy aufgesprungen und hätte diesen Schmidt in den Kamin gestopft.

Jemand trat lautlos neben ihn. Plötzlich spürte Randy etwas Hartes auf seiner Schulter. Es war eine Hand. Sie gehörte dem Blonden, und er drückte hart zu.

»Ist schon gut«, flüsterte Randy, »ist schon gut.«

»Lassen Sie meinen Sohn in Ruhe!« Marion Ritter fuhr hoch und trat einen Schritt auf Müller zu.

Der nahm seine Hand weg.

»Tut mir Leid«, sagte jetzt wieder Schmidt und deutete auf die Sessel. »Nehmen Sie doch wieder Platz. Im Sitzen plaudert es sich gemütlicher.«

Marion und Randy ließen sich langsam in die Sessel zurücksinken, und auch Schmidt setzte sich wieder; nur Müller blieb stehen. Schmidt legte seine Handflächen gegeneinander. »So«, sagte er, »dann wollen wir mal zu den Details kommen. Sie wissen jetzt, dass wir in diesem Schloss eine Bombe versteckt haben. Sie hat einen Zeitzünder und kann außerdem ferngezündet werden. Wir beide sitzen am längeren Hebel, denn nur wir können sie entschärfen. Aber wir können die Bombe auch hochgehen lassen. Das einmal zur Einführung, damit Sie Bescheid wissen.«

Marion Ritter, Randy und Turbo waren blass geworden und starrten den Sprecher an. Schmidt lächelte. Er wartete auf Fragen und nickte ihnen zu. »Nur keine Hemmungen. Jetzt sind die Fronten geklärt, und Sie können Ihre Fragen stellen, Frau Ritter.«

Nicht Marion Ritter stellte die erste Frage, sondern Randy: »Was bezwecken Sie damit?«

»Das ist sehr simpel, mein Junge. Zunächst einmal lassen wir die Polizei aus dem Spiel. Würde sie alarmiert, flöge nicht nur das Schloss in die Luft, es würde auch jemand sterben.«

»Wer?« Randy hatte sich vorgebeugt und seine Hände um die Sessellehnen verkrampft.

»Zwei Männer.« Schmidt spreizte den Daumen und den Zeigefinger ab. »Zwei Personen, die ihr alle sehr gut kennt. Der eine Mann heißt Dr. Peter Ritter, der andere nennt sich Alfred.«

»Dad?«

»Ja.«

Randy wandte seiner Mutter das Gesicht zu. Marion Ritter gab keinen Kommentar ab. Sie fuhr sich nervös mit der Hand durch das Haar, doch reden konnte sie einfach nicht.

Schmidt lächelte. »Nun? Haben Sie alles begriffen?«

»Ja«, sagte Randy mit krächzender Stimme.

Auch Turbo hatte etwas zu sagen. »Wieso sollen die beiden sterben?«

»Weil sie sich in unserer Hand befinden, das ist alles.« Schmidt wandte sich wieder an Marion Ritter. »Sie werden gleich einen Anruf erhalten, Frau Ritter. Man wird Ihren Sohn Randy verlangen. Er bekommt dann die weiteren Informationen.«

»Von wem?«

»Das spielt keine Rolle. Er sollte sich die Informationen gut merken und sich Notizen machen, denn einen zweiten Anruf wird es nicht geben.«

Nach diesen Worten entstand eine Schweigepause. Die Blicke der Anwesenden glitten zu dem schnurlosen Telefon; es stand in seiner Station auf einem Tischchen. Neben dem Telefon lagen ein Block und zwei Kugelschreiber.

Schmidt schaute auf seine Uhr. »Eigentlich müsste es jetzt klingeln«, sagte er.

Tatsächlich, der Apparat schlug an. Selbst Schmidt schreckte zusammen, als er das Trillern vernahm. Er schaute auf Randy, der keine Anstalten traf, sich zu erheben.

»Los, Junge! Geh hin!«

Randy stand auf. Er starrte den Apparat an, und als er das Telefon anhob, zitterte seine Hand. »Ja, bitte?«

»Bin ich bei Familie Ritter?«, fragte jemand auf Schweizerdeutsch.

»Das ist richtig.«

»Augenblick.«

Randy vernahm Geräusche, die er nicht identifizieren konnte. Dann hörte er plötzlich eine ihm sehr vertraute Stimme.

»Randy?«

Der Junge hielt für einen Moment die Luft an. Er wurde kreidebleich und zitterte. Dann rief er laut: »Dad!«

»Ja, ich bin es.«

»Wo bist du? Geht es dir gut?« Randy drehte sich um. Seine Mutter war aufgesprungen. Sie wollte auf Randy zulaufen, das Telefon an sich reißen. Das wusste Müller zu verhindern. Mit seiner Pranke hielt er sie fest. Seine Hand umklammerte das rechte Handgelenk der Frau wie eine Eisenzange. »Hier geblieben, Lady!«, sagte er mit kratziger Stimme.

»Lassen Sie die Frau los!«, rief Turbo.

»Junge, halts Maul!«, zischte Schmidt. »Oder willst du, dass es Tote gibt?«

Turbo verstummte. Er und Frau Ritter sahen Randy an, der darauf wartete, dass sein Vater weitersprach.

»Ich bin okay, Randy. Und Alfred auch. Es tut mir Leid, dass ihr in die Sache mit hineingezogen wurdet, und ich muss dich um einen riesigen Gefallen bitten. Es hängt wirklich viel davon ab.«

»Gut, Dad. Ich höre«

Dr. Ritter atmete am anderen Ende der Leitung tief ein. »Hör mir jetzt ganz genau zu, Junge. Was ich nun sage, kann ich nicht wiederholen. Es ist wichtig. Wer immer unsere Gegner sein mögen, sie haben im Augenblick die Trümpfe in der Hand. Du wirst in mein Arbeitszimmer gehen und dort den kleinen Tresor öffnen. Ich gebe dir jetzt die Kombination durch.«

Randy bekam die Zahlenkombination gesagt. Er schrieb sie mit. »Und was noch?«

»Aus dem Tresor holst du einen kleinen Umschlag, der versiegelt ist. Diesen Umschlag behältst du und gibst ihn nicht ab. Du wirst morgen früh um 9 Uhr 29 am Hauptbahnhof Düsseldorf in den Zug steigen, der in die Schweiz bis Brig fährt. Du kaufst eine Fahrkarte der ersten Klasse, setzt dich in den Zug und fährst in Richtung Schweiz. Hast du bisher alles verstanden?«

»Ja, Dad.«

»Gut. Die Männer, die zurzeit den Ton angeben, verlangen, dass du dein Handy zu Hause lässt«, fuhr sein Vater fort. »Keine Kontaktaufnahme mit der Polizei. Das wollen sie unter allen Umständen verhindern. Auch das verstanden, Randy?«

»Alles klar, Dad. Das Handy nehme ich nicht mit.«

»Okay, ich verlasse mich auf dich.«

»Was geschieht in der Schweiz?«

»Das kann ich dir nicht sagen. Den Leuten kommt es allein darauf an, was du mir bringst.«

»Ist das geheim?«

»Ja.«

»Und was ...?«

»Keine Fragen mehr, Randy. Grüße deine Mutter von mir.« Die Stimme von Dr. Ritter hatte einen rauen Klang bekommen. Randy hörte ihm an, dass er stark unter Druck stand. »Mein Junge, es tut mir Leid, dass ihr in die Sache mit hineingezogen wurdet. Ich möchte dir noch sagen, dass …« Da war die Verbindung plötzlich unterbrochen.

»Dad!«, rief der Junge verzweifelt. »So melde dich doch. Ich …«

»Schluss jetzt, Junge!« Plötzlich stand Schmidt neben ihm. Er wand Randy den Apparat aus der Hand und stellte ihn zurück in die Station. »Du hast alles gehört und wirst dich danach richten.«

Randy kam sich vor wie betäubt. Erst jetzt wurde ihm bewusst, welch eine Verantwortung auf ihm lastete. Man schickte ihn los, um seinem gefangenen Vater Geheimunterlagen zu bringen. Das war wie in einem drittklassigen Spionageroman.

Schmidt lächelte eisig. »Alles klar?«

»Nein.«

»Nein? Was gibt es denn noch?«

Der Junge schüttelte den Kopf. »Ich – ich kann das alles nicht verstehen. Weshalb soll ausgerechnet ich fahren?«

»Du bist der Bote!«

»Aber ich kann Ihnen doch den Umschlag geben. Dann fahren Sie los und …«

Schmidt nickte in seine Worte hinein. »Das ist alles richtig, mein Junge. Du machst nur einen Denkfehler: Wir wollen nicht das Risiko eingehen, dass ihr die Polizei benachrichtigt. Wenn du unterwegs bist, wird sich deine Mutter hüten, den Bullen Bescheid zu geben. So einfach ist das.«

»Und die Bombe?«

»Ist eine zusätzliche Sicherung. Sobald aus der Schweiz das Okay kommt, werden wir euch mitteilen, wo sich die Bombe befindet. Wir können sie per Funk deaktivieren!«

Randy überlegte, dann fragte er: »Kommt mein Vater dann frei?«

»Wenn er sich uns nicht in den Weg stellt.« Schmidt trat wieder zurück. »Es ist alles ganz einfach. Sieh es als ein spannendes Spiel an, in dem jeder seine Rollen hat. Du hast eine sehr wichtige. Nur die Polizei wollen wir nicht dabei haben.«

Randy nickte.

Schmidt sprach weiter: »Denk an die Uhrzeit. Der Zug ist sehr pünktlich. Und Sie, Frau Ritter, sollten an die Bombe denken. Sie hat genug Sprengkraft, dass hier alles in die Luft fliegt. Man wird von Ihnen kaum noch etwas finden. Mein Kollege und ich melden uns wieder. Sollte uns irgendetwas auffallen, das uns nicht passt, müssen wir die Bombe leider zünden.« Er hob die Schultern. »Ich wünsche Ihnen einen angenehmen Tag.«

Mit einer Kopfbewegung gab er Müller zu verstehen, dass er gehen wollte. An der Tür drehte sich Schmidt dann aber noch einmal um. »Seien Sie froh, Frau Ritter, dass wir Ihren Mann noch brauchen. Wir sehen uns wieder. Schönen Tag noch!«

Schmidt und Müller ließen drei völlig verwirrte und auch entsetzte Personen zurück.

Frau Ritter saß wie versteinert da und schüttelte hin und wieder den Kopf. Auch Turbo sprach nicht. Seine Blicke glitten durch die Halle, als würde er nach der Bombe suchen.

Randy nahm auf der Lehne des Sessels Platz, in dem seine Mutter saß. »Ich soll dich von Dad grüßen«, sagte er leise.

»Danke!« Marion schluckte. »Hast du ... hast du herausfinden können, wie es ihm geht?«

»Seine Stimme klang normal.«

Sie lächelte. »Das ist gut ... Ja, das ist sogar sehr gut.« Sie strich sich durchs Haar. »Wir wollen hoffen, dass alles klappt. Von dir hängt es ab, Randy.«

»Was sollst du deinem Dad denn bringen?«, fragte Turbo.

»Einen Umschlag.«

»Und wo liegt der?«

»Im Tresor. Dad hat mir die Kombination durchgegeben. Um was es sich dabei handelt, weiß ich nicht.«

»Dann schau doch einfach mal nach.«

»Genau das werde ich tun!«

Marion Ritter und Turbo begleiteten Randy in Dr. Peter Ritters Arbeitszimmer. Der Tresor war in die Wand eingelassen. Es war ein relativ neues Modell.

Randy schaute auf den Zettel, auf den er die Zahlenkombination notiert hatte, drehte den Code ein und hörte ein paar Mal ein leises Klacken, dann konnte er die Panzertür aufziehen.

Der Tresor war nicht groß. In der oberen Lade lag der Umschlag.

Randy holte ihn heraus, drehte ihn um und las, was in dicken Druckbuchstaben auf die Vorderseite geschrieben stand.

»Geheimplan Lemuria!« Er schaute seine Mutter und danach Turbo an. »Versteht ihr das?«

»Nein!«, erwiderten beide wie aus einem Munde.

Eines jedoch stand fest: Der Fall wurde immer mysteriöser …

Der Totengräber

Die ersten Stunden der folgenden Nacht waren für Randy ein Albtraum. Er konnte keinen Schlaf finden, so sehr er sich auch bemühte. Der vergangene Tag war einfach zu aufregend gewesen, auch für seine Mutter und Turbo, die ebenfalls noch lange wachlagen.

Erst weit nach Mitternacht fiel Randy in einen unruhigen Schlaf, aber immer wieder wurde er von schlimmen Träumen aufgeschreckt.

Seine Mutter weckte ihn. Sie hatte am Abend schon eine Reisetasche gepackt. Als sie an Randys Bett stand, sah der Junge, dass sie verweinte Augen hatte.

Randy stand auf und nahm seine Mutter in die Arme. »Es wird schon alles gut werden, Mum. Glaube mir, ich – ich schaffe es schon.«

Sie lachte und weinte zugleich. »Ja, irgendwie wirst du es schon schaffen. Du musst es schaffen.«

»Ja, und ich werde es auch!«, versprach er.

Randy duschte, dann zog er sich an. Turbo saß schon am Frühstückstisch, als er die Küche betrat. Draußen war es gerade hell geworden. Der Kakao schmeckte Randy heute nicht. Seine Kehle war wie zugeschnürt. Das Brötchen aß er fast mit Widerwillen.

Frau Ritter schaute auf die Uhr. »Es ist zwar noch Zeit, aber ich finde, dass wir bald fahren sollten.«

»Gut.« Randy stand auf. Auch Turbo erhob sich. Für ihn war es selbstverständlich, dass er seinen Freund zum Bahnhof begleiten würde. Am liebsten wäre er mitgefahren, doch das ging leider nicht.

Bevor Randy in den VW Golf seiner Mutter stieg, warf er noch einen Blick auf das »Schloss«. Es kam ihm vor, als wäre es ein Abschied. Soeben fielen die ersten Strahlen der Herbstsonne auf das alte Gemäuer und tauchten es in ein helles Licht. Es war ein wunderschönes Bild, das schlossähnliche Haus inmitten der leuchtend bunten Bäume zu sehnen.

Turbo setzte sich in den Fond des Wagens. Randy stieg nur zögernd ein und sah, dass seine Mutter schmerzlich lächelte. Niemand von ihnen wusste, was Randy unterwegs alles widerfahren würde. Er hoffte nur, dass er es schaffte.

Dann fuhren sie los. Das Schloss blieb hinter ihnen zurück. Sie rollten die breite Straße am Rhein entlang, die in die City von Düsseldorf führte, und gerieten voll in den Berufsverkehr. Randy blickte immer wieder auf die Uhr und hoffte, dass sie früh genug ankommen würden.

Es klappte besser als erwartet. Dann galt es, einen Parkplatz zu finden. Hinter dem Bahnhof stand ein großes Parkhaus. Sie mussten weit nach oben, um noch eine freie Parktasche zu finden.

Eine halbe Stunde war noch Zeit. Der Zug würde laut Fahrplan um 9 Uhr 29 einlaufen und zwei Minuten später wieder abfahren.

Frau Ritter hatte ihrem Sohn Geld gegeben, unter anderem auch Schweizer Franken.

Sie betraten die Bahnhofshalle von der Rückseite her. Es herrschte ein dichtes Gedränge. Auf großen Tafeln blinkten die An- und Abfahrtszeiten der einzelnen Züge. Randys Zug war bereits auf der Tafel angezeigt. An einem Schalter kaufte Frau Ritter eine Karte, die Randy in seine Hemdtasche steckte.

»Wie fühlst du dich?«, fragte Turbo.

»Mies, ehrlich gesagt. Mir zittern die Knie. Ich bin eben kein James Bond.«

»Ich auch nicht.«

»Was willst du unternehmen, während ich weg bin?«

»Vielleicht die Bombe suchen. Aber so, dass deine Mutter nichts davon merkt.«

Randy blickte sich um. Frau Ritter war aufgefallen, dass die beiden Jungen miteinander flüsterten. »Habt ihr Geheimnisse?«

»Nein, nein, Frau Ritter, wir haben uns nur abgesprochen, dass wir – nun ja …« Turbo geriet ins Stottern. Zum Glück lenkte eine Lautsprecherdurchsage Frau Ritter ab.

Randys Zug würde pünktlich in Düsseldorf Hauptbahnhof einfahren.

»Dann lasst uns mal zum Bahnsteig gehen!«

Mit einem Kloß im Magen und einem zweiten in der Kehle ließ sich Randy von der Rolltreppe hochfahren. Er schaute die Stufen hinauf und sah immer mehr von dem langen Bahnsteig, je höher sie kamen.

Auf dem Bahnsteig standen auch andere Reisende und warteten auf den Zug. Die meisten von ihnen waren Pendler, Männer und Frauen, die in andere Städte fuhren, Aktenkoffer bei sich hatten und in die Gegend stierten.

»Muss ich noch mal alles wiederholen?«, fragte Frau Ritter.

Randy seufzte. »Nein, Mum. Ich weiß Bescheid. Ich rechne damit, dass man mich anspricht und zu Vater bringt.«

»Wenn es eben möglich ist, Randy, gib deinen Trumpf, den Geheimplan Lemuria, nicht aus der Hand.«

»Das ist klar.« Randy blickte auf die Uhr. Der Zug musste in wenigen Minuten einfahren.

Zwei Tauben hatten sich auf den Bahnsteig verirrt und pickten nach irgendwelchen Krümeln.

Dann erfolgte die Durchsage. Eine Frauenstimme erklärte, dass der Zug nun einlaufen würde, und gab einen Teil der weiteren Haltestationen bekannt.

Der Zug fuhr ein, rollte an ihnen vorbei. Jetzt hieß es Abschied nehmen.

Randy und seine Mutter umarmten sich. Der Junge spürte, wie Marion Ritters Schultern zuckten. Turbo stand neben ihnen und scharrte mit der Fußspitze über den Boden.

»Alles Gute, mein Junge«, sagte Marion Ritter. »Gib auf dich Acht und grüß mir deinen Vater und Alfred.«

»Werde ich.«

Turbo und Randy reichte ein Händedruck. Der Freund aus Japan bewegte die Lippen, ohne etwas zu sagen. Randy hatte ihn trotzdem verstanden. Er wusste, dass Turbo nach der Bombe im Schloss suchen würde.

Es wurde Zeit. Randy nahm seine Reisetasche. Fast fluchtartig drehte er sich um und stieg ein. Er hatte den Wagen kaum betreten, als sich die Türen schlossen.

Am zweiten Fenster blieb Randy innerhalb des Ganges stehen. Er konnte seine Mutter und Turbo genau erkennen, während die beiden Mühe hatten, durch die getönte Scheibe zu sehen.

Frau Ritter und Turbo winkten. Das Gesicht des jungen Japaners zeigte einen verkniffenen Ausdruck.

Sehr sanft setzte sich der Zug in Bewegung, und die Aufbauten am Bahnsteig glitten vorbei. Turbo lief noch einige Schritte mit, dann war der Zug zu schnell, so dass er zurückbleiben musste.

Randys Reise ins Ungewisse hatte begonnen!

Das Gesicht nur eine Handbreit vom Fenster entfernt, starrte Randy durch die Scheibe, ohne genau wahrzunehmen, was er eigentlich sah.

Draußen rauschte der Bahnsteig dahin. Die Konturen verschwammen. Dann hatte der Zug den Bahnhof verlassen. Schienenpaare zweigten ab, führten in verschiedene Richtungen weiter, ein einlaufender Zug jagte vorbei.

Zwei Reisende wollten durch den Gang. Sie schoben ihre Koffer vor sich her und drückten Randy noch dichter an das Fenster. Es waren ältere Leute. Die Frau beschwerte sich mit keifender Stimme, dass ihr niemand mit dem schweren Gepäck half. Sie verschwanden schließlich in einem Abteil mit reservierten Plätzen.

Tief atmete Randy durch. Der Zug bekam mehr Geschwindigkeit und fuhr in Richtung Süden, dem nächsten Halt entgegen. Das war Köln.

Randy tastete über seine Jacke. Ja, der Geheimplan steckte noch in der Innentasche. Das Papier war ungemein wichtig. Er würde es nicht aus der Hand geben.

Eine Platzkarte hatte er nicht. Randy konnte sich ein Abteil aussuchen. Er war eigentlich ein geselliger Bursche, der sich gern mit anderen unterhielt. Doch er dachte an seinen Auftrag und wollte möglichst allein in einem Abteil sitzen. Wenn es nötig wurde, musste er eben öfters den Platz und das Abteil wechseln.

Der Zug jagte dahin. Nur ein sanftes Schaukeln war jedes Mal dann zu spüren, wenn sie über eine Weiche fuhren. Die Riemen der Reisetasche hingen schräg über Randys Schulter, als er den Gang abschritt. Er schaute in die einzelnen Abteile. Nur in wenigen saßen mehr als zwei Fahrgäste. Die meisten lasen Zeitung. Es waren Geschäftsleute, jedenfalls deuteten die schwarzen Aktenkoffer darauf hin.

Randy ging weiter durch den Gang, bis er zum Speisewagen kam, der nur halb voll war.

Etwas irritiert blieb Randy stehen. Einige Fahrgäste hoben ihre Köpfe, schauten ihn an und auch wieder weg. Es wurde noch gefrühstückt.

Randy kaufte sich eine Limo. Gefrühstückt hatte er zu Hause. Er konnte zwischen Vierer- und Zweiertischen wählen und entschied sich für einen Zweiertisch. Die Reisetasche stellte er unter den Sitz und klemmte sie dort zwischen seine

Beine. Dann nahm er einen ersten langen Schluck und spürte, wie das Kratzen aus seinem Hals verschwand.

Tief atmete er durch, lehnte sich zurück und schaute aus dem Fenster.

Den Bereich Düsseldorf hatten sie verlassen. Wenn er den Kopf reckte, konnte er auch den Rhein sehen. Der große Strom würde ihn bis zur Schweizer Grenze begleiten. Ein Stück Heimat für Randy, denn auch das Rittersche Schloss lag am Rhein.

Das Land war eben. Randy sah ein Schwimmbad, Rückfronten der uniform wirkenden Einfamilienhäuser und viele Gärten, die sich kaum voneinander unterschieden. Bald würden sie die Chemiestadt Leverkusen erreichen und auch das gewaltige Bayerkreuz zu sehen bekommen.

Auf der anderen Wagenseite, ihm schräg gegenüber, saß ein Mann. Er hockte allein an einem Vierertisch. Viel war von dem Reisenden nicht zu sehen, denn der größte Teil seines Oberkörpers war hinter einer ausgebreiteten Zeitung verborgen.

Randys Blick fiel auf die Hände, die die Zeitung hielten. Sie waren bleich, die Finger sehr lang und dennoch kräftig. Auf der wächsernen Haut wuchsen dünne dunkle Härchen.

Der Mann trug einen dunklen Anzug. Randy konnte die Aufschläge der Ärmel sehen. Er las die Zeitung und bewegte sich dabei kaum. Vor ihm auf dem Tisch stand eine Tasse Kaffee.

Die Sonne kam durch. Sie schickte ihre Strahlen durch ein Loch in die Wolkendecke hinunter zur Erde. Der Junge registrierte es kaum, er konzentrierte sich auf den Reisenden hinter der Zeitung.

Es gibt Momente im Leben, da spürt man etwas, ohne einen Grund dafür benennen oder dieses Gefühl näher beschreiben zu können. So erging es auch Randy. Obgleich er den Mann noch nicht gesehen hatte, wusste er, dass mit ihm irgendetwas nicht stimme. Von ihm ging etwas aus, das Randy wachsam werden ließ.

Erklären konnte er sich das nicht. Das unangenehme Gefühl war einfach vorhanden, und dabei blieb es auch.

Einige Gäste verließen den Speisewagen. Sicherlich würden sie in Köln aussteigen. Randy kam es vor, als würde er mit dem Mann hinter der Zeitung allein im Wagen sein.

Er trank wieder, schaute aus dem Fenster, sah die Sonne und dann das Spiegelbild des Mannes mit der Zeitung. Er ließ sie plötzlich sinken, und sein Gesicht erschien.

Randy konnte nicht anders, er musste hinschauen, und auch der Blick des Mannes traf ihn. Er war hypnotisierend, kalt, grausam. Randy spürte den Klumpen im Magen. Jetzt wusste er genau, dass dieser Mann sein Feind war.

Langsam, mit nahezu andächtigen Bewegungen faltete der Mann die Zeitung zusammen. Er legte sie auf den Tisch vor sich und strich das Papier glatt. Dabei blieb sein Blick auf Randy gerichtet. Der Junge bekam Zeit, sich das Aussehen des Mannes genau einzuprägen.

Es waren nicht nur die Augen, die ihn irritierten. Es war vor allem der Kopf, denn der hatte eine extreme Ähnlichkeit mit einem Totenschädel. Er war ungemein knochig, wobei die dünne Haut sehr bleich, fast schon totenbleich war. Übergroß wirkten die eisgrauen Augen, die Nase stach knochig und schmal hervor, ihr Rücken schien wie mit dem Lineal gezogen. Die Wangen waren etwas eingefallen, und der breite Mund hatte strichdünne Lippen, die hart aufeinander gepresst waren, obwohl der Unbekannte kalt grinste. Sein Kinn stand vor. Dünnes Haar wuchs auf dem kantigen Schädel. Es musste früher einmal schwarz gewesen sein, jetzt hatte es eine mausgraue Farbe bekommen.

Ohne den Blick von Randy zu nehmen, winkelte der unheimliche Fremde seinen rechten Arm an und griff mit spitzen Fingern in die linke Brusttasche. Randy hätte sich nicht gewundert, wenn er eine Waffe hervorgeholt hätte. Die zog er nicht hervor, sondern eine Sonnenbrille, die er aufsetzte. Dahinter waren die Augen nicht mehr zu sehen.

Randy hatte das Gefühl, den Fremden schon Stunden angestarrt zu haben, dabei war höchstens eine halbe Minute vergangen. Es kostete den Jungen Überwindung, den Blick zu senken und wieder nach dem Glas mit der Limo zu greifen.

Seine Hand zitterte dabei. In seinem Nacken hatte sich kalter Schweiß gebildet, ebenso auf der Stirn. Randy traute sich nicht, ihn wegzuwischen. Der andere sollte nicht sehen, wie stark sein Anblick den Jungen verunsichert hatte. Randy trank hastig das Glas leer.

Aus den Augenwinkeln sah Randy, wie der andere sich erhob, die Zeitung nahm und sich zwischen Sitzbank und Tisch durchschob, um anschließend den Speisewagen zu verlassen. Er ging an Randy vorbei, der noch einen Blick auf die schwarzgrauen Hosenbeine des Fremden werfen konnte. Natürlich trug der Kerl auch schwarze Schuhe.

Sekunden später war der Mann weg, und Randy atmete auf, schloss sekundenlang die Augen, atmete noch einige Male tief durch und fühlte, dass es ihm besser ging.

Er schenkte sich Limo nach. Seine Gedanken drehten sich um den Fremden. Wer war dieser Mann? Weshalb hatte er ihn so angestarrt? Wollte er etwas von ihm? Gehörte er möglicherweise zu den Leuten, die Randys Vater entführt hatten? Hatte er etwas mit dem Geheimplan Lemuria zu tun und hockte deshalb im Zug, um Randy zu überwachen?

Fragen über Fragen, auf die der Sechzehnjährige keine Antworten fand. Und da war auch niemand, mit dem er über seine Gedanken sprechen konnte. Plötzlich fühlte er sich so schrecklich allein.

Sie fuhren bereits auf Köln zu. Der Zug rollte durch die ersten nördlichen Vororte.

Randy nahm sich vor, später in ein Abteil zu gehen und dort abzuwarten.

Industrieanlagen tauchten auf. Dazwischen lagen wieder Felder, manchmal auch Schrebergärten oder alte Häuser. Ein Gong ertönte, danach sprach eine weiche Frauenstimme aus den Boxen der Lautsprecher. Die Zugbegleiterin erklärte, dass sie in wenigen Minuten Köln Hauptbahnhof erreichen würden.

Randy leerte sein Glas. Wieder sah er aus dem Fenster. Er sah eine gewaltige Stahlkonstruktion. Sie rollten über die Deutzer Brücke. Unten trieb der Rhein seine grauen Fluten in Richtung Norden. Züge kamen ihnen entgegen oder rollten mit ihnen auf gleicher Höhe. Nach der Brücke fuhren sie direkt in die gewaltige Bahnhofshalle ein, in der ein immenser Trubel herrschte.

Der Zug stoppte.

Randy war aufgestanden und hatte sich an das Fenster gestellt, so dass er auf den Bahnsteig schauen konnte. Er wollte wissen, ob der Unheimliche den Zug hier verließ.

Leider war sein Blickwinkel zu schlecht. Außerdem drängten sich viele Leute vor den Wagen der zweiten Klasse. Randy fielen zwei Personen auf: eine Mutter, die ihre Tochter zum Zug brachte. Das Mädchen war etwas kleiner als Randy, trug eine olivfarbene Armeehose und einen Parka und hatte dunkelblondes, ziemlich kurz geschnittenes Haar. Mit der rechten Hand umklammerte sie den Tragegriff einer Leinentasche.

Es sah so aus, als würde dieses Mädchen ebenfalls allein reisen. Randy war gespannt. Da sie in einen Wagen der ersten Klasse stieg, war es möglich, dass sie auch in dieser Klasse fuhr.

Ihrer Mutter redete ohne Unterlass auf sie ein. Das Mädchen nickte immer wieder und wirkte recht ungeduldig.

Dann stieg sie ein.

Zwei weitere Reisende hetzten heran. Sie interessierten Randy nicht, er suchte den schwarz Gekleideten, konnte ihn nicht entdecken und ging davon aus, dass sich der Mann auch weiterhin im Zug befand.

Das gefiel ihm nicht.

Der Zug rollte wieder an. Unter der Kuppel der Kölner Bahnhofshalle war es ziemlich düster. Als der Zug diesen Bereich verließ, fuhr er hinein in den schönsten Sonnenschein.

Der nächste Halt würde in Bonn erfolgen.

Der Speisewagen füllte sich jetzt schnell. Eine Gruppe von lärmenden Erwachsenen auf Kegeltour nahm gleich zwei Vierertische in Beschlag.

Randy stand auf und wollte sich ein Abteil suchen. Noch herrschte ziemlich viel Unruhe auf den Gängen. Der Junge drückte sich an den Fahrgästen vorbei und musste dann warten, bis eine elegant gekleidete Frau ihr Gepäck in das Abteil geschafft hatte.

Danach durchquerte Randy den Großraumwagen und schaute sich jeden Reisenden genau an.

Den Unheimlichen sah er nicht.

Der nächste Abteilwagen war ziemlich leer. Randy entschied sich für ein Abteil in der Mitte, verstaute seine Tasche oben auf der Gepäckablage und ließ sich in den gut gepolsterten Sitz direkt am Fenster fallen. Er konnte seine Beine ausstrecken, denn Platz war genug vorhanden.

Zum ersten Mal seit langer Zeit fühlte sich Randy wieder wohl, geschützt von den Abteilwänden, und er hoffte, dass sich kein anderer Fahrgast zu ihm gesellte.

Der Schaffner erschien. Es war ein älterer Mann mit Kugelbauch. Freundlich fragte er nach der Fahrkarte, bekam sie gereicht, knipste sie ab und nickte.

»Du fährst bis in die Schweiz?«

»Ja.«

»Gib in Basel Acht. Da wird der Zug geteilt. Sieh zu, dass du dann im richtigen Wagen sitzt.«

»Werde ich machen.«

»Dann gute Fahrt noch.« Der Schaffner tippte gegen seine Mütze und ging weiter.

Randy reckte sich. Er war müde, zugleich aber so erregt, dass an Schlaf kaum zu denken war. Die Sonne schien gegen die Scheibe. Die Abteile hatten einen Temperaturregler. Randy drehte ihn ins blaue Feld, und es wurde kühler.

Der Zug fuhr durch ein Industriegebiet südlich von Köln. Dort wurde viel Chemie produziert, wie Randy wusste. Sie kamen an großen Anlagen und Raffinerien vorbei, die aussahen, als stammten sie aus einem Science-Fiction-Film.

Wieder öffnete jemand die Abteiltür. Randy, der aus dem Fenster geschaut hatte, wurde durch das Geräusch aufgeschreckt, zuckte herum – und erstarrte.

Der Unheimliche stand in der offenen Tür. Mit einer Hand hielt er noch den Griff umklammert. In der Außentasche seiner Jacke steckte die zusammengefaltete Zeitung. Er trug noch immer seine Sonnenbrille und grinste Randy an. Zwischen seinen zurückgezogenen Lippen zeigten sich zwei Reihen gelber Zähne.

In Randys Kehle saß plötzlich ein Kloß. Er wollte etwas sagen, brachte aber keinen Ton heraus.

Der Unheimliche machte einen Schritt in das Abteil und zog die Tür hinter sich zu.

»Hallo!« Seine tiefe Stimme jagte Randy einen Schauer über den Rücken. »Hier ist doch frei, oder?«

Der Junge nickte.

»Danke.« Der Mann ging noch einen Schritt vor. Er setzte sich Randy schräg gegenüber.

Wie zu Stein erstarrt hockte der Junge auf seinem Platz und starrte in das bleiche Gesicht des Unheimlichen.

»Weißt du, wer ich bin?«, knarrte die dunkle Stimme.

»Nein … nein!«

»Ich bin der Totengräber!« Er stieß ein grollendes Lachen aus. »Ja, der Totengräber, der dich begleiten wird, Junge.«

Randy schluckte. »Wie... wieso?«

»Ganz einfach: Wir haben den gleichen Weg.« Der Fremde ballte die Hände zu Fäusten, bevor er sie spreizte und auf sich deutete. »Ich fahre die Strecke öfters, und ich liebe den Zug hier. Denn es ist der Jenseits-Express!«

Randy kam sich vor, als würde er in einem Albtraum stecken. Was dieser Kerl da sagte, konnte doch nicht wahr sein!

»Der Jenseits-Express«, hörte er wieder die knarrende Stimme. »Ein wunderbarer Name. Er passt zu diesem Zug.« Der Totengräber beugte sich vor, und dann flüsterte er Randy zu: »Nicht alle, die in diesen Zug steigen, erreichen auch ihr Ziel. Manche holt unterwegs der Teufel, verstehst du?«

»Nicht ganz?«

»Sie sind dann gestorben, Junge, umgekommen, aus dem Zug gefallen.« Er betonte jedes Wort wie ein Schauspieler, der sicher sein wollte, dass sein Monolog auch in den hinteren Reihen verstanden wurde.

»Wie das denn?«

»Da fragst du noch? Kannst du es dir nicht denken, Junge? Immer wenn ich im Zug sitze, passiert so etwas, glaub es mir. Der Jenseits-Express fährt manchmal bis in die Hölle.« Wieder lachte er. »Du hast Angst, nicht wahr?«

Randy hob nur die Schultern.

»Ja, ich spüre es, du hast Angst. Die solltest du auch haben, Randy Ritter!«

Die beiden letzten Worte hatten den Jungen wie ein Tiefschlag getroffen. »Woher kennen Sie meinen Namen?«

»Ich weiß über vieles Bescheid, Junge. Ich weiß zwar nicht alles, aber Totengräber sind immer etwas Besonderes, und ich werde ein Auge auf dich halten, Junge. Viel Spaß dann. Wir sehen uns noch.«

Er stand auf und öffnete mit einem Ruck die Tür. Auf der Schwelle drehte er sich noch einmal um. Mit einer Hand winkte er. Die dünnen Finger sahen aus wie blanke Knochen.

Dann schloss er die Abteiltür und ging davon.

Lautlos, als würde er schweben.

Randy blieb sitzen. Er starrte auf den gegenüberliegenden Sitz. Das Erlebnis hatte ihn tief getroffen. Der Totengräber war wie ein Geist erschienen und ebenso wieder verschwunden.

Furchtbar – aber wahr.

Ein Traum war es nicht gewesen. Randy ahnte jetzt, dass sich diese Reise in einen Horror-Trip verwandeln würde.

Er merkte kaum, dass sie in den Bahnhof Bonn einliefen, wo der Aufenthalt nur zwei Minuten dauern würde. Er war mit seinen Gedanken ganz woanders, und zwar bei diesem Totengräber. Hatte der Mann nur geblufft? Nein, das wohl nicht. Mit solchen Dingen bluffte man nicht. Randy rechnete damit, dass der Mann zu den beiden Kerlen gehörte, die sich Schmidt und Müller nannten und der Familie Ritter am gestrigen Tag einen Besuch abgestattet hatten.

Noch standen sie im Bahnhof. Die Reisenden gingen vorbei. Randy hörte, wie die Türen von anderen Abteilen aufgerissen und zugezogen wurden. Die Geräusche waren noch nicht verstummt, als sich der Zug wieder in Bewegung setzte.

Randy nahm den Zugbegleiter vom Nebensitz, faltete ihn auf und stellte fest, dass der nächste Halt erst in Koblenz erfolgen würde. Der Zug fuhr bis dahin durch eine sehr reizvolle Landschaft, direkt am Rhein entlang, der auf beiden Seiten von welligen Weinbergen und alten Burgen flankiert wurde. Doch Randy hatte für die Schönheiten der Landschaft keinen Sinn.

In den Zug war wieder Ruhe eingekehrt.

Auf einmal wurde die Tür schwungvoll aufgerissen, und jemand fragte mit heller Stimme: »Ist hier noch frei?«

Es war das Mädchen, das Randy am Kölner Bahnhof in den Zug hatte einsteigen sehen …

Susanne

Sie hatte den Parka ausgezogen und unter den Arm geklemmt. Die Reisetasche hielt sie noch in der Hand.

Das Mädchen hatte ein nettes Gesicht, schöne braune Augen und trat sehr selbstsicher auf.

»Weißt du, in den anderen Abteilen sitzen nur muffige Spießer. Ich kann keine Musik hören, trotz Discman. Also, ist hier noch frei?«

»Ja.«

»Danke.« Sie rammte die Tür zu und wuchtete die Tasche in die Ablage. »Kavalier bist du aber nicht, wie?«

»Hab ich vergessen.«

»Macht nichts.« Sie ließ sich Randy gegenüber in den Sitz fallen und reckte sich. »Wie weit fährst du denn?«

»Bis zur Endstation.«

Ihre Augen wurden groß. »Tatsächlich?«

»Ja, warum sollte ich lügen?«

»Ich fahre nämlich auch soweit. Ich besuche in der Schweiz eine Tante. Sie macht dort Ferien und hat mich eingeladen. Ich bin übrigens vierzehn.«

»Wo kommst du denn her?«, fragte Randy.

»Nicht aus Köln. Da bin ich nur zugestiegen. Wir wohnen im Bergischen und haben dort einen Reiterhof.«

»Kannst du denn reiten?«

»Doofe Frage, Mensch. Klar doch. Ich bin bald soweit, dass ich Unterricht geben kann.«

»Toll. Wie heißt du eigentlich?«

»Susanne!«

»Ich bin Randy.«

Sie zog die Beine an und musterte ihn. »Bist du aus Köln?«

»Nein, ich wohne in der Nähe von Düsseldorf.«

»Fährst du auch in die Ferien?«

»So ungefähr.«

Sie schaute ihn aus schmalen Augen an. »Du willst nicht reden, hab ich das Gefühl.«

»Wieso?«

»Weil deine Antworten komisch klingen.«

Randy sagte nichts. Er schaute aus dem Fenster und sah auf den Fluss. Auf der anderen Seite kam jetzt der Drachenfels in Sicht.

»He, ich warte, Randy.«

»Wir kennen uns kaum.«

»Na und? Hast du was Schlimmes vor?«

»Nein.«

»Na also. Oder soll ich wieder verschwinden?«

»Nein, bleib nur.«

Susanne wechselte das Thema. »Hast du etwas zu essen dabei?«, erkundigte sie sich.

»Obst. Meine Mutter hat mir Äpfel mitgegeben.«

»Aber keine Kekse und Saft, oder?«

»Nein.«

Sie lachte. »Das habe ich aber mit. Wenn du aufstehst und meine Tasche von der Ablage holst, gebe ich dir was ab.«

Randy stand auf, nahm die Tasche und stellte sie neben Susanne ab. Das Mädchen zog den Reißverschluss auf und klappte die Taschenhälften zur Seite. Die Kleidung war sorgfältig zusammengelegt und so in die Tasche gepackt, dass sie nicht knitterte, doch diese Mühe war umsonst gewesen, denn Susanne begann jetzt, unter ihren Sachen zu wühlen, bis sie endlich gefunden hatte, was sie suchte: ein Paket mit Keksen und zwei Tüten mit Orangensaft. Die Strohhalme waren außen an den Tüten befestigt. Die Tasche fand auf dem Nachbarsitz ihren Platz. Dann warf das Mädchen Randy eine Tüte rüber.

Randy stieß den Strohhalm durch das kleine Trinkloch und nahm den ersten Schluck. Der Saft war ihm zu süß, aber das wollte er Susanne nicht sagen.

Sie hatte bereits die Schachtel mit den Keksen aufgerissen. »Hier, nimm einen.«

Die Kekse waren dick mit Schokolade überzogen. Randy aß sie gern und griff gleich richtig zu.

In den nächsten Minuten stellte er fest, dass Susanne auch schweigen konnte. Sie aßen, tranken, schauten aus dem Fenster, besahen sich die Landschaft und beobachteten die langsam auf dem Rhein dahinziehenden Schiffe und Kähne.

Dörfer lagen längs der Bahnlinie, und in den Weinbergen arbeiteten die Winzer und ihre Helfer. Die Sonne stand am Himmel, der eine blassblaue Farbe angenommen hatte. Es war ein wunderbarer Spätvormittag.

Nur konnte sich Randy darüber nicht so recht freuen. Seine Gedanken drehten sich wieder und wieder um diesen Totengräber und dessen Drohungen. Auch schaute er öfter in Richtung Tür, so dass es Susanne schließlich auffiel.

»Erwartest du noch jemand?«

»Nein.«
»Weshalb siehst du dann immer zur Tür?«
»Nur so.«
»Das kannst du mir nicht erzählen.«
»Doch.«
»Ist ja auch egal.« Susanne warf einen Blick in die Schachtel. »Nur noch ein Keks. Mensch, hast du gegessen.«
»Oder du.«
»Willst du den letzten haben?«
»Nimm du ihn.«
»Danke sehr.« Sie machte die Beine lang, biss in den Keks und saugte Saft aus der Tüte. Dabei schaute sie Randy an. Sie musterte ihn von den Haarspitzen bis zu den Sohlen, nickte hin und wieder und trank dabei Saft.
Randy rutschte auf seinem Sitz herum. »Habe ich etwas an mir?«
Mit schlürfenden Geräuschen leerte sie die Tüte und stellte sie auf das Ablagebrett. »Ich überlege die ganze Zeit, weshalb du mich so unverschämt angrinst.«
»Das ist ein Geburtsfehler. Der Mundwinkel klemmt etwas, sage ich immer. Deshalb sieht es so aus, als würde ich grinsen.«
»Ach so.« Sie reckte sich wieder. »Weißt du, Randy, wo ich jetzt sein möchte?« Susannes Augen hatten einen träumerischen Ausdruck angenommen.
»Nein, wo denn?«
»Ich möchte jetzt bei meinen Pferden auf dem Reiterhof sein. Wir haben einen tollen Hof. Da soll es sogar spuken, sagt man.«

»Höchstens spucken, wie?«

»Nein!« Sie setzte sich kerzengerade hin. »Du hältst mich doch nicht für eine Lügnerin – oder?«

»Habe ich das gesagt?«

»Es hörte sich so an.«

»Tut mir Leid.«

»Vergessen. Aber wirklich, wir wohnen in einem ziemlich alten Bauernhaus. Da soll ein Geist umgehen.«

»Hast du den schon gesehen?«

»Nein. Säße ich sonst hier?«

»Häh? Ich verstehe nicht.«

»Wer einen Geist sieht, der überlebt das meistens nicht.«

»So ist das also.«

»Wo wohnst du denn?« Bevor Randy eine Antwort geben konnte, sagte sie: »Lass mich raten.«

»Bitte.«

»In einem Haus.«

»Ja.«

»Mietshaus!«

»Falsch!«

»In einer Villa.«

»Nein. In einem Schloss!«

»Tatsächlich? Oder nimmst du mich auf den Arm?«

»Wie käme ich dazu.«

»Du wohnst wirklich in einem Schloss?«

»Wenn ich es dir sage.«

»Gibt es da auch Geister?«

»Mehr als hundert.«

»Hör auf, du willst mich auf den Arm nehmen.« Wieder wechselte sie sprunghaft das

Thema, schaute aus dem Fenster und rief: »Schau mal, der Ausflugsdampfer! Die Leute winken uns zu!« Susanne hob den Arm und grüßte zurück.

»Die können dich nicht sehen!«

»Hach, du bist wirklich schrecklich unromantisch!«

Randy zuckte mit den Schultern. Er wusste nicht, was er noch sagen sollte. Gegen dieses Mundwerk kam er nicht an.

Dann fiel ihm wieder der Totengräber ein. Der Gedanke an ihn trieb ihm das Blut ins Gesicht.

»An was denkst du?« Susanne war sein Zustand nicht verborgen geblieben.

»An einen Mann hier im Zug.«

»Ist der was Besonderes?«

Randy hob die Schultern. »Wie man's nimmt. Er trägt eine Sonnenbrille und ist ganz in Schwarz gekleidet.«

»Das hört sich unheimlich an.«

»So sieht er auch aus. Dir ist er nicht zufällig über den Weg gelaufen?«

»Nee! So einer wäre mir aufgefallen, ehrlich.«

»Er hat hier im Abteil gesessen. Vor dir.«

»Und?«

»Nichts und! Er ist dann gegangen, aber so, wie der aussieht, da läuft einem schon ein Schauer über den Rücken.«

»Das kann ich mir denken.« Sie dachte sofort praktisch. »Wenn er noch einmal hier erscheint, sagen wir einfach, dass hier alle Plätze besetzt sind, okay?«

»Ob das klappt?«

»Wenn du dich nicht traust, mache ich es.« Sie wies aus dem Fenster. »Mensch, das ist schon Koblenz. Da haben wir auch keinen Aufenthalt, oder?«

»Nur zwei Minuten.«

»Das ist zu wenig, um rauszugehen und sich ein wenig die Beine zu vertreten.«

Wieder hörten sie die Durchsage, und im Gang drängten sich Reisende an ihrem Abteil vorbei. Randy schaute genau hin, doch der Totengräber befand sich nicht darunter. Wenn er Randy tatsächlich unter Beobachtung halten wollte, würde auch er bis zur Endstation fahren.

»Etwas weiß ich immer noch nicht«, sagte er, als sie in den Bahnhof einliefen.

»Was?«

»Deinen Nachnamen!«

»Habe ich dir den noch nicht gesagt? Komisch.« Sie schüttelte den Kopf. »Ich heiße Nollen, Susanne Nollen.« Dann wollte sie wissen: »Wie heißt du denn?« Sie beugte sich gespannt vor.

»Ritter. Randy Ritter.«

In diesem Augenblick hielt der Zug wieder.

Diesmal stiegen nicht so viele Fahrgäste ein und aus. Randy und Susanne stellten sich an das Fenster, um auf den Bahnsteig zu schauen. Der Bahnhof war relativ klein. An der großen Normaluhr lasen sie ab, dass sie eine Minute Verspätung hatten.

Ein Schatten erschien.

Randy stieß Susanne heftig an. »Da, das ist er!«

»Wer denn?«

»Dieser Totengräber. Der Kerl, der draußen am Wagen entlangschleicht und auf unser Fenster zukommt.«

Mit großen Augen und geöffnetem Mund starrte das Mädchen durch die Scheibe. »Du hast Recht, der sieht wirklich ungemein fies aus.«

»Meine ich auch.«

Genau vor dem Fenster blieb der Totengräber stehen. Er hatte die Brille abgenommen, so dass die dunklen Gläser seine Augen nicht mehr verbargen. Obwohl sich die Scheibe zwischen ihnen befand, ließ sie der eisige Blick erstarren. »Der ist wirklich mehr als unheimlich!«, flüsterte Susanne.

»Das habe ich dir doch gesagt.«

Der Totengräber grinste, hob den rechten Arm und krümmte die Hand zur Kralle. Mit den Fingerspitzen kratzte er von außen über die Scheibe.

Das Geräusch ließ die beiden jungen Fahrgäste zurückzucken. Als sie wieder hinschauten, war der Mann verschwunden.

»Wie ein Gespenst«, flüsterte Susanne Nollen.

Stunden der Furcht

Turbo hockte stumm auf dem Beifahrersitz. Auch Frau Ritter sprach kein Wort, und die Rückfahrt nach Hause kam dem Jungen endlos vor. Hin und wieder blickte er Marion Ritter von der Seite an und sah, dass ihre Wangenmuskeln zuckten.

Sie stand unter einem ungeheuren Druck. Nicht nur ihr Sohn befand sich in Gefahr, auch das Schicksal ihres Mannes und seines Mitarbeiters Alfred war mehr als ungewiss.

Jemand hatte ein gewaltiges Netz über die Familie Ritter geworfen, und sie waren darin gefangen worden.

Erst als sie Düsseldorf hinter sich hatten, fand Frau Ritter die Sprache wieder. »Hoffentlich geht alles gut«, flüsterte sie. »Was glaubst du, Turbo?«

»Randy ist kein kleines Kind mehr.«

»Trotzdem. Diese Männer, mit denen wir es da zu tun haben, sind eiskalt und rücksichtslos. Um ihre Ziele zu erreichen, ist ihnen jedes Mittel recht.«

»Vielleicht braucht Randy gar nicht bis in die Schweiz zu fahren. Es kann ja sein, dass er die Nachricht schon vorher übergeben muss.«

»Möglich. Ich frage mich nur, was dann mit meinem Mann geschieht und auch mit Alfred. Die beiden ...«

»Vorsicht, Frau Ritter! Vor uns!«

Turbo hatte gesehen, dass der vor ihnen fahrende Wagen stark bremste. Die Heckleuchten glühten auf.

Frau Ritter war mit ihren Gedanken woanders gewesen, trat jetzt aber auf die Bremse.

Knapp vor der Stoßstange des anderen Wagens kamen sie zum Stehen.

Der Fahrer hatte im Innenspiegel mitbekommen, was beinahe passiert wäre. Er hob den rechten Arm, ballte die Hand zur Faust und drohte ihnen nach hinten.

»Das ist gerade noch mal gut gegangen!«, flüsterte Turbo. Er sah, dass Marion Ritter bleich geworden war und eine Hand auf ihr Herz presste.

»Das hätte mir gerade noch gefehlt«, flüsterte sie. »Aber ich kann mich kaum konzentrieren.«

»Es ist ja nicht mehr weit.«

In der Tat brauchten sie nur mehr zehn Minuten zu fahren, dann hatten sie das Schloss erreicht.

Schon als sie in die Einfahrt einbogen, konnten sie erkennen, dass sie Besuch bekommen hatten. Jemand saß auf der Bank neben der Haustür und schaute dem Golf entgegen.

»Das ist Ela!«, rief Turbo.

»Auch das noch!« Marion Ritter seufzte. »Ela wird nach Randy fragen, aber versuch es erst mal mit einer Ausrede. Wir beide müssen uns jetzt zusammenreißen.«

»Sicher.«

Der Golf rollte nahe der Bank aus. Ela Schröder war aufgestanden und hatte die Hände in die Hüften gestemmt. Sie trug Jeans und einen Sweater und schlenderte den beiden entgegen, als sie ausstiegen.

»Grüß dich, Ela!« Frau Ritter lächelte etwas gezwungen.

»Tag, Frau Ritter! Hi, Turbo!«

»Wie geht's dir?«

»Mir geht es gut. Mich würde nur mal interessieren, wo Randy steckt.«

»Keine Ahnung!«

»Seit wann hast du keine Ahnung, wo sich dein Schatten aufhält?«

Turbo warf Frau Ritter einen verzweifelten Blick zu. Sie tat ihm den Gefallen und gab die Antwort. »Randy befindet sich auf einer Reise in die Schweiz.«

Ela starrte Marion Ritter an, als wäre sie ein Geist. »Was haben Sie da gesagt?«

»Er ist in die Schweiz gefahren. Zu seinem Vater.«

»Ach so.«

Turbo hatte wieder Oberwasser bekommen und grinste breit. »Da hörst du es.«

»Das kommt nur so plötzlich. Wir wollten doch heute weg. Im Jugendheim stellen junge Maler und Malerinnen ihre Bilder aus. Meine sollen dort auch gezeigt werden. Randy wollte mir tragen helfen und die Bilder mit aufhängen.«

»Das kann ich ja machen«, bot sich Turbo an.

»Wenn du willst.«

»Wann denn?«

»Heute Mittag.«

Marion Ritter schloss die Haustür auf. »Du hast sicherlich Durst, Ela. Komm mit rein.«

»Danke, Frau Ritter.«

Sie gingen durch die große Halle in die Küche, Marion Ritter mit sehr schleppenden Schritten. Ihr kam das Haus auf einmal so leer, so einsam und verlassen vor. Die Angst lastete auf ihr, und sie atmete heftig.

Turbo und Ela schritten hinter ihr her. Michaela ahnte, dass etwas nicht stimmte. Vielleicht war es Frau Ritters Haltung, die sie misstrauisch machte. Ela sagte aber nichts. Dafür suchte sie Turbos Blick, der aber schaute zu Boden.

In der geräumigen Küche setzten sie sich an den großen viereckigen Holztisch. Frau Ritter hatte die Reste des Frühstücks noch nicht abgeräumt. »Möchtest du auch etwas essen, Ela?«

»Nein, danke«, antwortete Ela. »Was haben Sie, Frau Ritter? Ich will ja nicht neugierig sein, aber ...«

»Was sollte ich haben?«

»Sie sind so blass und sehen aus, als hätten sie geweint.«

Marion Ritter lachte. Es klang unecht. »Kind, das bildest du dir nur ein.«

»Hm, wahrscheinlich.« Überzeugend hatte die Antwort nicht geklungen. Michaela wollte Turbo ansprechen, der aber stand auf und holte Gläser aus dem Schrank.

»Wollen Sie auch etwas trinken, Frau Ritter?«

»Ja, ja, natürlich.« Sie war damit beschäftigt, das Geschirr in die Spülmaschine zu stellen.

Turbo goss drei Gläser Orangensaft voll und stellte sie auf den Tisch. »Dann mal prost«, sagte er bewusst aufmunternd, obwohl ihm selbst zum Heulen zu Mute war.

Ela trank als Erste. Sie schaute die beiden anderen über den Glasrand hinweg an. Es war ihr anzusehen, dass sie eine Frage stellen wollte, sie traute sich nur nicht.

Frau Ritter und Turbo saßen ebenfalls schweigend am Tisch. Der Junge aus Japan malte mit dem Zeigefinger Kreise auf die Tischplatte. Einige Male räusperte er sich auch. Zusammen mit Frau Ritter fuhr er erschreckt auf, als Ela schließlich doch ihre Frage stellte:

»Hat die Stimmung hier etwa was mit dem Besuch der beiden Männer zu tun?«

Plötzlich war Marion Ritter hellwach, und Turbos Hand lag auf einmal bewegungslos auf dem Tisch. »Welche Männer?«

»Die hier waren, Frau Ritter.«

»Wann und wo?«

»Als ich auf Sie wartete. Die beiden kamen in einem Opel, fragten nach Ihnen, und ich erklärte ihnen, dass niemand zu Hause ist. Der eine mit den blonden Haaren hat mich angeschaut, als wollte er mich fressen.«

»Haben sie sonst noch was gesagt?«

»Nein, die sind wieder in den Wagen gestiegen und weggefahren. Kurz darauf sind Turbo und Sie gekommen. Hat der Besuch etwas zu bedeuten?«

»Das kann sein, Ela. Wir werden sehen.«

Da dudelte das Telefon. Frau Ritter stand auf und eilte in die Halle. Sie wollte nicht in der Küche telefonieren. Mit jedem Schritt, den sie zurücklegte, wurde sie blasser.

Dann nahm sie das schnurlose Telefon aus der Station und meldete sich. »Ja, hier Ritter.«

Erst hörte sie ein kratziges Lachen, das begleitet wurde von nicht identifizierbaren Hintergrundgeräuschen.

»Melden Sie sich doch!«

Eine ihr fremde Stimme begann zu sprechen. Sie klang rau, aber auch triumphierend. »Ich rufe hier aus dem Zug an, Frau Ritter. Ihren Sohn habe ich bereits kennen gelernt.«

»Was ist mit Randy?«

»Es geht ihm gut. Noch geht es ihm gut. Und es wird ihm auch weiterhin gut gehen, wenn er sich an die Regeln hält. Verstehen Sie?«

»Ja, aber ...«

»Kein Aber. Sie dürfen mir noch eine gute Fahrt wünschen, Frau Ritter.« Es folgte ein Lachen, dann unterbrach der unbekannte Anrufer die Verbindung.

Wie betäubt stand Marion Ritter da. Ihr schwindelte. Damit hatte sie nicht gerechnet. Jemand von der verfluchten Bande hockte im gleichen Zug wie ihr Sohn Randy.

Mit ziemlich weichen Knien ging Marion Ritter zurück in die Küche. Turbo sah ihr entgegen und wusste sofort, dass etwas geschehen war. Bevor er noch eine Frage stellen konnte, sagte Frau Ritter: »Es war Randy. Er hat vom Zug aus angerufen. Ich soll euch grüßen, es geht ihm gut.« Sie sprach wie ein Automat, ohne jegliche Überzeugungskraft, was natürlich auch von Ela Schröder bemerkt wurde.

Aber sie verkniff sich jeden Kommentar und leerte stattdessen ihr Glas. Dann schaute sie aus dem Fenster. »Ha, die Sonne scheint. Ist doch vertane Zeit, wenn wir hier herumhocken. Kommst du mit, Turbo?«

Der Junge warf Frau Ritter einen fragenden Blick zu. Sie nickte. »Geh nur und hilf Ela.«

»Gut, ich komme aber zwischendurch zurück. Tschüss dann.«

»Ja, tschüss, Frau Ritter!« Ela zwängte sich hinter dem viereckigen Küchentisch hervor.

Turbo folgte ihr in die Halle und fragte: »Wo hast du denn deine Bilder?«

»Noch bei uns.«

»Dann komm.«

»Nein!« Ela legte eine Hand auf Turbos Schulter.

»Nein? Willst du jetzt nicht mehr?«

»So ist es.«

»Was ist der Grund?«

»Du, dein Verhalten, das Benehmen von Randys Mutter und er selbst. Seine plötzliche Reise kommt mir sehr seltsam vor. Irgendetwas stimmt doch hier nicht, Turbo.«

»Unsinn, du irrst dich!«

»Du kannst vieles, aber nicht lügen. Ich sehe dir an, dass du mir etwas unter die Weste jubeln willst. Raus mit der Sprache!«

Turbo warf einen Blick zum Haus. »Ich kann es nicht.«

»Weshalb nicht?«

»Ich habe Frau Ritter versprochen, meinen Mund zu halten. Und ein Versprechen breche ich nicht.«

»Dann werde ich sie selbst fragen und ihr sagen, dass du Andeutungen gemacht hast.«

»Das ist gemein.«

»Ist mir egal. Vielleicht kann ich euch helfen. Es hängt bestimmt mit dem Besuch der beiden Kerle zusammen.«

»Wahrscheinlich ja.«

»Und was haben die vor?«

Turbo gab keine Antwort auf diese Frage, sondern machte stattdessen einen Vorschlag: »Du sagst doch immer, dass du zum Malen am liebsten irgendwo an den Rhein gehst.«

»Ja.«

»Dann laufen wir hinunter. Ich fühle mich hier beim Haus nicht wohl.«

»Ich bin mit dem Rad gekommen.«

»Okay, ich hole meins auch.«

Die Räder standen in der Garage. Turbo beeilte sich nicht, denn er brauchte Zeit, um darüber nachzudenken, wie er sich Ela gegenüber verhalten sollte.

Sie war ungeduldig und rief bereits nach ihm. Turbo sah sich gezwungen, einen Zahn zuzulegen.

»Endlich kommst du.«

»Lass uns fahren!« Mehr sagte er nicht, schwang sich auf den Drahtesel und fuhr in Richtung Rhein.

Turbos Gedanken beschäftigten sich mit dem Anruf, den Frau Ritter erhalten hatte. Er glaubte nicht, dass es Randy gewesen war. Bestimmt hatte Frau Ritter wegen Ela zu einer Notlüge gegriffen.

Was war tatsächlich geschehen? Befand sich Randy in Gefahr? Der Gedanke daran trieb Turbo das Blut in den Kopf. Wütend auf diese miesen Erpresser trat er noch härter in die Pedale, so dass Ela zurückfiel.

Turbo war vor Monaten aus Japan gekommen, um seinen »Brieffreund« Randy, mit dem er einen intensiven E-Mail-Kontakt gehabt hatte, zu besuchen. Damals war er von einer japanischen Gangstergruppe gejagt worden, die ihm das Samurai-Schwert, ein Erbe seiner verschollenen Eltern, hatte abjagen wollen. Das war ihr erster gemeinsamer »Fall« gewesen. Seither waren beide Jungen echte Freunde. Sie gingen gemeinsam durch dick und dünn, da konnte sich der eine auf den anderen verlassen. Turbos Zorn auf die Bombenleger und deren Helfer war deshalb enorm groß.

»Warte doch!«, rief Ela. »Himmel, willst du hier eine Rallye veranstalten und unbedingt Sieger werden?«

Turbo drehte kurz den Kopf und bremste dann ab. Ela fuhr zwar ebenfalls schnell, aber sie achtete mehr auf die tückischen Bodenwellen auf dem holprigen Pfad, der zum Rhein hinunterführte. Die Ufer waren bei Hochwasser oft überschwemmt, aber bis zum Haus kamen die Fluten nie.

Langsam kühlte sich Turbos Wut ab, und er bekam wieder einen klaren Kopf. Während der Junge auf Ela wartete und dabei auf den grauen Strom schaute, dachte er wieder an Randy. Der Zug würde eine Weile am Rhein entlangfahren, und zwar flussaufwärts.

Der Herbst hatte die Gegend bereits bunt gefärbt, die Sonne schien, hatte aber nicht mehr die Kraft des Sommers. Stand man im Schatten, war es schon recht kühl.

Ela bremste neben Turbo. »Sag mal, hast du einen Sprung in der Schüssel, so blöde zu rasen?«

Er erwiderte nichts darauf, stieg vom Rad und schob es dem Flussufer entgegen. Dort, wo die mit hohem Gras und Unkraut bewachsene Böschung begann, legte er es nieder, hockte sich hin, riss Grashalme aus und ließ sie mit dem Wind in Richtung Wasser segeln.

Auch Ela hatte ihr Rad schräg gegen die Böschung gelegt. Sie setzte sich neben Turbo. »Was ist los mit dir?«

Er zuckte mit den Schultern. »Was soll schon los sein?«

»Du hast doch Ärger. Ebenso wie Frau Ritter. Irgendwas ist mit Randy, das spüre ich.«

»Ja, er sitzt im Zug.«

»Weshalb?«

»Sein Vater rief an.«

»Das soll ich dir glauben?«

»Deine Sache.«

Ela knuffte Turbo in die Seite. »Sei doch nicht so verstockt! Mir kannst du erzählen, was los ist. Schließlich habe ich diese beiden Männer auch gesehen, den Dunkelhaarigen und den Blonden. Das sind zwei richtig miese Typen.«

»Kann sein.«

»Und was ist wirklich passiert?«

Turbo seufzte. Er kannte Ela und wusste, dass sie nicht lockerlassen würde.

»Kannst du schweigen?«, fragte er. »Du musst das wirklich für dich behalten!«

Ela hob die linke Hand zum Schwur. »Ich gebe hiermit mein Ehrenwort!«

Das reichte Turbo. Er starrte auf den Fluss und sagte mit tonloser Stimme. »Im Schloss ist eine Bombe versteckt!«

In der Luft kreisten Möwen. Sie jagten sich gegenseitig, stießen dann zum Wasser hinunter, suchten Nahrung, stiegen wieder hoch und kreischten um die Wette.

Das alles waren Geräusche, an die sich Turbo gewöhnt hatte, in diesem Augenblick aber nahm er sie überdeutlich wahr, und er hörte auch die Stimme des Mädchens.

»Du – du machst doch Witze, oder?«

»Nein.« Turbo drehte den Kopf und sah ihr ins Gesicht.

Ela war blass geworden, stierte ihn an und atmete durch den halb geöffneten Mund.

»Bombe«, wiederholte sie. »Eine Bombe ...«

»Genau.«

»Und niemand weiß, wann sie hochgeht?«, hauchte sie.

»Doch – die Bombenleger. Die beiden Männer, die du auch kennst. Dieser Schmidt und der Müller.«

»Wie – wie weiter?«

Turbo lachte verbittert. »Tut mir Leid, ich weiß nicht weiter. Die Bombe befindet sich im Schloss, davon müssen wir ausgehen, aber wir kennen den Ort nicht. Sie ist so gut versteckt, dass ...« Er stockte. Ein Kloß saß in seiner Kehle fest. Er musste sich erst räuspern und sagte dann: »Den Rest kannst du dir denken.«

Ela nickte langsam. »Ja, Turbo. Man versucht, euch zu erpressen, nicht?«

»Man versucht es nicht nur, man erpresst uns.«

»Und wie?«

»Die wollten Randy!«

»Das verstehe ich nicht.«

Turbo seufzte noch einmal tief, dann sprach er weiter: »Okay, du weißt schon eine Menge, da kannst du den Rest auch noch erfahren. Hör genau zu. Was ich jetzt sage, ist alles so passiert. Ich füge nichts hinzu und lasse auch nichts aus.«

Ela Schröder lauschte Turbos Worten. Die Gefühle, die sie dabei empfand, spiegelten sich auf ihrem Gesicht wider. Sie wurde blass, die Augen weiteten sich, und sie riss den Mund auf, traute sich aber nicht, zu sprechen. Was sie erfuhr, war für sie einfach ungeheuerlich.

»So, jetzt weißt du alles!«

Ela sprang auf, als hätte sie auf einem Ameisenhaufen gesessen. Sie lief die restlichen Schritte bis zum Ufer und starrte über das graue Wasser. »Das – das kann ich einfach nicht fassen. Ich drehe noch durch. Turbo, stimmt das?« Sie fuhr herum.

»Soll ich schwören?«

Matt winkte das Mädchen ab. »Nein, ich glaube dir auch so. Das saugt man sich nicht aus den Fingern.«

»So ist es.«

»Weißt du denn, weshalb Dr. Ritter und Alfred entführt worden sind? Hast du eine Ahnung?«

»Überhaupt nicht.«

»Und was steckt hinter diesem Geheimplan Lemuria?«

»Kann ich dir nicht sagen. Du weißt, dass Randys Vater oft an geheimen Projekten arbeitet und keinen Menschen einweiht.«

Ela schaute auf ihre Schuhe. »Wir können nichts tun, oder?«

»Kaum.«

»Wie wär's denn, wenn du Kommissar Hartmann einweihst?«

Der Kommissar war ein alter Freund der Familie Ritter und arbeitete für die Düsseldorfer Kripo.

»Nein, auf keinen Fall. Sollten die beiden Kerle irgendetwas mitbekommen, zünden sie die Bombe, glaub mir.«

»Was bleibt uns dann?«

»Hoffen, dass alles gut geht.«

»Und Randy?«

Turbo hob die Schultern. Er versuchte, eine positive Antwort zu geben. »Jedenfalls hat er bessere Chancen als sein Vater und Alfred.«

»Denkst du, dass die Entführer Dr. Ritter eventuell töten? Und Alfred auch?«

Turbo schwieg.

Ela setzte sich wieder zu ihm und stützte den Kopf in ihre Hand. Nach einer Weile fragte sie: »Was machen wir denn jetzt?«

»Hast du einen Vorschlag?«

»Den habe ich. Ich habe sogar einen sehr guten. Wir werden die Bombe suchen!«

Turbo schluckte. »Daran habe ich auch schon gedacht«, flüsterte er. »Ich frage mich nur, was Frau Ritter dazu sagen wird?«

»Muss sie das wissen?«

»Im Prinzip nicht, aber sie wird es merken.«

Ruckartig stand Ela auf. »Ich bin dafür, dass wir es auf einen Versuch ankommen lassen.« Sie streckte Turbo die Hand entgegen. »Komm, sitz hier nicht so traurig herum. Das müssen wir einfach schaffen.«

Turbo schüttelte nur den Kopf. Ein gutes Gefühl hatte er bei der Sache nicht.

Der Totengräber schlägt zu

Die Stadt Mainz lag schon hinter ihnen. Es ging auf die Mittagszeit zu. Zahlreiche Fahrgäste suchten den Speisewagen auf, um ihre reservierten Plätze einzunehmen.

Randy und Susanne hockten noch immer im Abteil. Niemand war zu ihnen gekommen, auch der Totengräber hatte sich nicht mehr blicken lassen. Sie waren beide schläfrig geworden, das Zugfahren konnte schon müde machen.

Susanne Nollen blinzelte Randy aus halb geschlossenen Augen an. »Wir kommen gleich nach Mannheim. Warst du schon mal dort?«

»Noch nie.«

»Ich auch nicht. Das sind eigentlich zwei Städte, die zusammengehören: Mannheim und Ludwigshafen, nur durch den Rhein getrennt. Mein Vater sagt immer, da stinkt es.«

»Chemie, wie?«

»Richtig.« Sie lachte und gewann ihre alte Fröhlichkeit zurück. »Weißt du, Randy, damit haben wir keine Probleme. Bei uns im Bergischen ist die Luft noch rein.«

»Ich kann dich ja mal besuchen.«

»Das sowieso«, sagte Susanne. »Und deine Freunde Turbo und Ela bringst du mit.« Randy hatte ihr von den beiden erzählt.

»Klar doch.«

Susanne fuhr sich durchs Haar, kramte anschließend in der Tasche herum und holte einen kleinen Kalender mit einem rosafarbenen Einband heraus. »Wir können gleich einen Termin festlegen. Wie wäre es, wenn du am übernächsten Wochenende kommen würdest. Hast du da Zeit?«

Randy hatte die Frage genau verstanden. Aber wie sollte er jetzt eine Antwort geben? Er wäre gern hingefahren, aber das Schicksal konnte ihm leicht einen Strich durch die Rechnung machen.

Susanne fasste ihn am Knie und rüttelte ihn. »He, schlaf nicht ein, Randy Ritter! Du tust so, als wäre dein Terminkalender so voll wie der eines Direktors.«

»Ich war nur in Gedanken.«

»Das habe ich gesehen!«, beschwerte sie sich und schaute in den aufgeklappten Taschenkalender. »Kommst du nun, oder kommst du nicht? Ich will es wissen!«

»Ja, ich komme.«

»Klasse.«

»Falls mir nicht noch etwas dazwischenkommt. Man kann ja nie wissen.«

»Was soll denn passieren?«

»Nun ja, ich weiß nicht, was meine Eltern vorhaben. Sie sprechen ihre Termine mit mir nicht ab. Das geht dir bestimmt genauso.«

»Ja, aber ...« Sie zögerte. »Ich bin ziemlich selbständig, weißt du. Wir nehmen das nicht so genau.«

»Wir schon.«

»Na ja, auf einem Reiterhof ist es nicht so streng. Aber ich komme mal auf euer Schloss.«

»Kannst du machen.«

»Hast du ein Bild davon bei dir?«

»Nein. Du denn vom Reiterhof?«

»Auch nicht. Mist, sonst habe ich immer eine Postkarte mit. Ausgerechnet heute habe ich sie vergessen.«

»Da kann man nichts machen.« Randy stand auf.

»Wo willst du hin? Essen?«

»Nein, ich habe keinen Hunger. Ich muss mal zur Toilette.« Er war schon an der Tür.

»Gib aber Acht.«

»Worauf denn?«

Sie lachte. »Dass dich nicht der Totengräber erwischt.«

»Damit treibt man keine Späße.«

»Entschuldige.«

»Schon gut. Bis gleich also.«

Randy wandte sich nach links. Er sah an der Leuchte über der Tür, dass die Toilette besetzt war. Auch in der auf der anderen Seite des Zuges war schon jemand. So beschloss er, zu warten. Er stellte sich dicht neben die Tür und schaute aus dem Fenster.

Draußen flog die Landschaft vorbei. Straßen, Felder, hie und da ein Stück Wald, dann fuhr der Zug wieder durch einen kleinen Bahnhof.

Die Tür hinter ihm wurde geöffnet, und eine junge Frau verließ den Raum, eingehüllt in eine süßlich riechende Parfümwolke, was Randy dazu veranlasste, die Nase leicht zu rümpfen. Die Frau lächelte ihm zu und verschwand.

Randy betrat die Toilette und schloss die Tür ab.

Susanne hatte es sich in der Zwischenzeit bequem gemacht und die Beine lang ausgestreckt. Ihr gefiel die Fahrt, sie hatte gute Laune und pfiff sogar einen aktuellen Hit von Madonna.

Plötzlich erschrak sie heftig, denn jemand hatte mit einem Ruck die Tür aufgezogen.

Der Totengräber stand im Abteil!

Susanne spürte, dass sich die Haut auf ihrem Rücken spannte. Das kalte Grinsen des Mannes machte ihr Angst. Dennoch gab sie sich cool.

»Hier ist besetzt!«

»Von dir?« Er sprach mit dumpfer Stimme, schloss die Tür und kam auf das Mädchen zu.

Susanne straffte sich. »Unter anderem.«

»Und der Junge ist nicht mehr hier?«

»Das sehen Sie doch!«

Der in Schwarz gekleidete Kerl beugte sich vor und ballte die Hand zur Faust. »Werd nur nicht frech, du Kröte! Wo ist er?«

Sie versteifte und presste ihren Rücken gegen die Lehne. »Weiß ich nicht!«

»Kennt ihr euch?«

»Ein wenig.«

»Was hat er dir erzählt?«

»Nichts.«

Der Totengräber lachte meckernd. »Dann habt ihr schweigend hier zusammengesessen, wie?«

»Nein.«

»Was hat er gesagt?« Seine Hand öffnete sich und legte sich schwer auf Susannes Schulter.

»Sie tun mir weh!« Das Mädchen wollte unter dem Griff wegrutschen, aber die langen bleichen Finger wirkten wie eine Klammer aus Eisen.

»Das ist mir egal, Kleine. Ich will dir was sagen: Du sitzt hier in einem Jenseits-Express! Lass dir das Wort mal durch den Kopf gehen und denke darüber nach. Der Jenseits-Express. Manche sind schon mit ihm in die Hölle gefahren.«

»Wenn Sie nicht verschwinden, schreie ich um Hilfe!«

Susanne hätte nie damit gerechnet, dass ihre Drohung helfen würde, aber der Totengräber zog tatsächlich seine Hand zurück.

»Du brauchst nicht zu schreien, Kleine. Wir kommen auch so klar, nicht wahr?«

»Nein!« Sie drehte das Gesicht weg und starrte aus dem Fenster. In der Scheibe sah sie den düsteren Umriss der schwarz gekleideten Gestalt. Sie wollte mit dem Kerl nichts zu tun haben.

Der Totengräber lachte. »Ich kann mir denken, wo er ist. Wir sehen uns bestimmt noch, Kleine. Ich gebe dir einen guten Rat: Wechsle das Abteil! Dies hier ist der Jenseits-Express! Das solltest du dir genau merken.«

Als sie das Geräusch der sich schließenden Abteiltür vernahm, atmete Susanne erleichtert auf. Sie hatte sich zwar cool verhalten, aber das war nur Täuschung gewesen. Erst jetzt bemerkte sie, wie schnell ihr Herz schlug und dass sie auch zitterte.

Dieser Kerl hatte tatsächlich etwas von einem Totengräber an sich. Vor dem konnte einem Angst und Bange werden. Sie schüttelte sich noch im Nachhinein.

Aber was hatte der mit Randy zu tun? Irgendetwas stimmte da mit beiden nicht. Susanne beschloss, den Jungen danach zu fragen, wenn er zurückkam.

Während sie noch darüber nachdachte, erschrak sie erneut. Wenn dieser Totengräber nun zur Toilette ging und Randy dort schnappte?

Sie sprang hoch, zog die Tür auf und schaute in den Gang, aber da war niemand. Die Lampe zeigte an, dass die linke Toilette besetzt war. Rasch lief sie hin und war beruhigt, als sie sah, dass der Totengräber nicht wartend hinter der Ecke stand.

Einigermaßen zufrieden lief sie wieder zurück in das Abteil und setzte sich auf ihren Platz. Vielleicht hatten sie und Randy sich auch vieles eingebildet. Man sollte sich nicht vom Aussehen eines Menschen täuschen lassen. Niemand konnte etwas dafür, wie er aussah.

Aber dieser Mann, der sich selbst als Totengräber bezeichnete, war ihr schon unheimlich.

Randy befand sich noch immer auf der Zug-Toilette. Er wollte sich noch die Hände waschen. Mit dem Fuß trat er auf ein Pedal unterhalb des Beckens, woraufhin das Wasser aus dem krummen Hahn zu laufen begann.

Randy wusch sich auch noch das Gesicht, trocknete es mit den rauen Papiertüchern ab und schaute in den Spiegel.

Randy musste sich selbst gegenüber zugeben, dass er tatsächlich Angst hatte. Es war dieses würgende Gefühl, die Ungewissheit, was geschehen würde. Er dachte an die Gefahr, in der sich sein Vater und Alfred befanden. Und dass seine Mutter und Turbo in einem Haus hatten zurückbleiben müssen, in dem Verbrecher eine Bombe versteckt hatte.

Eine Bombe, die sie jederzeit hochgehen lassen konnten, wenn er einen Fehler machte.

Bei diesem Gedanken bekam er noch stärkeres Magendrücken, und er überlegte ernsthaft, ob er nicht Susanne Nollen über alles informieren sollte.

Er mochte sie. Susanne war ein aufgewecktes Mädchen, das längst schon etwas bemerkt hatte. Ein Blinder konnte doch sehen, dass mit Randy etwas nicht stimmte.

Je näher er dem eigentlichen Ziel kam, desto unsicherer wurde er. Wie würde alles enden? War er überhaupt der Last dieser Verantwortung gewachsen?

Randy bemerkte, dass der Zug an Geschwindigkeit verlor. Wahrscheinlich hielten sie jetzt gleich wieder an. Die nächste Station sollte Mannheim sein.

Er wandte sich um, öffnete die Tür – und erhielt einen Schlag genau an die Kinnspitze!

Randy sah zwar keine Sterne, doch er spürte den harten Treffer, der ihn zurückschleuderte, wobei er mit der Hüfte gegen den Rand des Waschbeckens stieß.

Der Totengräber tauchte im Türrechteck auf!

Randy war klar, dass er in der engen Kabine keinerlei Chance hatte. Aber noch hatte der Totengräber die Tür nicht geschlossen.

Randy nutzte diesen Augenblick.

Er sprang vor, und sie prallten zusammen.

Randy hatte gehofft, den knochigen Kerl in den Gang zurückstoßen zu können, doch als er gegen ihn rammte, kam es ihm vor, als wäre er gegen eine Betonwand gesprungen. Der Kerl wich nicht einen Zentimeter zur Seite. Randy prallte sogar noch von ihm ab und sah plötzlich die Pranken vor seinem Gesicht erscheinen. Ihm graute vor den langen Fingern, die sich jetzt wie Zähne in seine Schulter schlugen und ihn festhielten. Dann flog er nach einem kräftigen Stoß zurück bis an das Fenster.

Der Aufprall schüttelte Randy durch. Benommen versuchte er, wieder hochzukommen, was dem Totengräber Zeit gab, die Tür zu schließen und in die Kabine einzutreten.

Wie eine Mauer stand er vor Randy. Sein eiskalte Blick richteten sich auf das Gesicht des Jungen. Das Grinsen schien noch gemeiner geworden zu sein, die langen Finger hielt er gekrümmt, als wollte er Randy erneut packen.

»Lassen Sie mich raus!«, keuchte der Junge.

Der Totengräber schüttelte den Kopf. »Nein, du wirst bleiben!« Der Mann senkte die Stimme, dennoch behielt sie ihren schaurigen Klang. »Meine Freunde haben mich angerufen. Die Lage hat sich verändert.« Er legte eine Pause ein, und seine Augen nahmen an Größe zu. Sie erinnerten Randy an zugefrorene Teiche. Er konnte sich nicht vorstellen, was anders geworden war. Die veränderte Situation aber musste den Totengräber durcheinander gebracht haben.

»Was ist geschehen?«

»Einzelheiten brauchst du nicht zu wissen. Aber ich gebe dir noch eine Chance: Du hast eine Botschaft für deinen Vater, den Geheimplan Lemuria! Ich will ihn haben – jetzt, sofort!«

»Nein!«

Der Mann zuckte zusammen, als er die Antwort vernahm. Randy hatte sehr laut gesprochen. »Sag mal, das meinst du doch wohl nicht im Ernst!«

»Doch, das tue ich!«

»Dann hole ich ihn mir. Ich werde dir ...«

In diesem Moment schlug Randy zu. Er wusste, dass der Mann im Augenblick verwirrt und abgelenkt war. Vielleicht konnte er ihm doch noch entkommen.

Seine Faust raste auf das hässliche Gesicht zu, aber der Totengräber war schneller. Er drehte nicht nur den Kopf zur Seite, sein rechter Arm schwang hoch, und mit der Handfläche fing er Randys Faust auf.

Dann sauste der Arm nach unten. Randy stöhnte auf, so hart war der Griff. Der Knochige trat einen Schritt zur Seite, wobei er Randys Arm herumdrehte und versuchte, den Jungen in den Polizeigriff zu nehmen. »Dir werde ich es zeigen, du verdammter – auuuhhh!«

Randy hatte hart nach hinten getreten und das Schienbein des Mannes getroffen. So etwas tut weh, und auch der Totengräber war nicht aus Eisen.

Er jaulte auf und hielt den Jungen nicht mehr ganz so fest. Randy sah seine Chance. Mit einem heftigen Ruck riss er sich los. Der Totengräber hatte vergessen, die Tür zu verriegeln, und Randy riss sie auf, um in den Gang zu stürmen.

Der Totengräber griff noch nach ihm, aber seine Pranke rutschte von Randys Rücken ab. Doch der Zug lief bereits in Mannheim ein, vor der Tür stauten sich die Reisenden, die aussteigen wollten, und Randy stolperte über einen Koffer, hörte jemand wütend schimpfen, entschuldigte sich und hetzte weiter. Er war sonst nicht so rücksichtslos seinen Mitmenschen gegenüber, doch diesmal blieb ihm keine andere Wahl. Er musste dem Totengräber unbedingt entwischen.

Eine ältere Frau keifte und drohte mit ihrem Taschenschirm.

Randy hastete weiter. Endlich hatte er sich durch die Warteschlange im Gang gezwängt und war nur noch ein paar Schritte von seinem Abteil entfernt.

Bevor er es betrat, blieb er stehen. Randy spürte, dass er zitterte. Er schaute nach links aus dem Fenster. Sie liefen bereits in den Bahnhof ein. Er wollte noch nicht sofort zu Susanne gehen und sich erst erholen. Klar, sie würde ihm ansehen, dass nicht alles in Ordnung war. Aber konnte er es wagen, ihr die Wahrheit zu erzählen?

Möglicherweise war es sogar besser, Susanne einzuweihen, dann hatten sie vielleicht eine größere Chance. Als er daran dachte, durchzuckte eine nahezu wahnwitzige Idee sein Gehirn. Der Plan, den der Totengräber ihm abjagen wollte, musste aus seiner Tasche verschwinden, denn der Totengräber würde immer wieder versuchen, ihn an sich zu bringen.

Was würde geschehen, wenn er Susanne Nollen den Geheimplan Lemuria gab? Eine völlig verrückte Idee, so erschien sie ihm im ersten Moment. Doch als Randy genauer darüber nachdachte, kam sie ihm so verrückt gar nicht mehr vor. Mit diesem kleinen Tausch würde er den Totengräber ganz schön reinlegen.

Ihm war nicht aufgefallen, dass der Zug bereits angehalten hatte. Erst als Susanne ihn ansprach, schaute er auf.

»Ach, hier bist du!« Sie stand plötzlich mit vor der Brust verschränkten Armen vor ihm. »Da kann ich ja lange warten. Willst du jetzt auf dem Gang bleiben?«

Randy fuhr sich über die Stirn. »Entschuldige, aber ich war in Gedanken.«

»Das sehe ich.«

Er verzog die Lippen zu einem Lächeln. »Komm, lass uns ins Abteil gehen!«

Randy warf noch einen Blick zurück. Von dem Totengräber war nichts zu sehen.

»Suchst du was? Was ist passiert?« Susannes Stimme klang besorgt.

Der Junge ließ sich auf den Sitz fallen. Er holte tief Luft und schaute aus dem Fenster. In der Scheibe spiegelte sich die Gestalt des Mädchens. Susanne hatte wieder ihren alten Platz eingenommen.

»Willst du nicht reden?«

»Doch, gleich.«

»Dann ist etwas schief gelaufen?«

Der Zug fuhr wieder an. Draußen auf dem Bahnsteig winkten noch einige Leute.

»Das kann man wohl sagen.«

»Der Totengräber?«

»Richtig.«

»Und was noch?«

Randy lachte auf. »Das ist eine sehr lange Geschichte. Und auch eine komplizierte. Sie ist sogar top secret, verstehst du? Streng geheim.«

»Ach so.« Susanne lachte, verstummte aber schnell, als sie Randys ernstes Gesicht sah. »Kein Witz?«

»Nein, leider nicht. Ich befinde mich in einer gefährlichen Situation und habe dich leider mit hineingezogen, ohne dass ich es wollte.«

Susanne Nollen verzog das Gesicht. »Sag mal, das bildest du dir doch nur ein, oder?«

»Bestimmt nicht.«

»Dann rede.«

Randy atmete tief durch und schaute aus dem Fenster. Susanne merkte, dass er Zeit brauchte. In der Tat ließ sich Randy noch einmal alles durch den Kopf gehen, wog Vor- und Nachteile ab und kam zu keinem anderen Ergebnis als dem, dass es besser war, alles zu erzählen.

»Susanne, ich kenne dich kaum, aber ich muss dich wohl ins Vertrauen ziehen. Was ich dir gleich sagen werde, wird dir komisch vorkommen, auch unwahrscheinlich, doch ich kann dir versichern, dass es die reine Wahrheit ist.«

»Mach's nicht so spannend, Mensch.« Inzwischen hatte Susanne begriffen, dass es kein Spaß war, was der Junge da von sich gab. »Ich höre!«

Randy lehnte sich zurück. Noch einmal sammelte er seine Gedanken. Dann berichtete er dem staunenden Mädchen, weshalb er diese Reise unternommen hatte und was bei ihm zu Hause vorgefallen war.

Susanne Nollen glaubte, ihren Ohren nicht trauen zu dürfen. Sie konnte einfach nicht fassen, was sie da hörte. Mit großen Augen saß sie da und hielt eine Handfläche vor den Mund gepresst.

Ungefähr zehn Minuten hatte Randy gesprochen. Als er dann abschließend nickte, ließ das Mädchen seine Hand sinken. Susanne schaute ihn fast furchtsam an. Ungläubig schüttelte sie wieder und wieder den Kopf und versuchte zu lächeln, was ihr nicht recht gelang.

»Jetzt weißt du alles«, sagte Randy. »Glaubst du mir?«

Sie ließ sich Zeit mit der Antwort. »Einem anderen würde ich nicht glauben. Dir aber schon.«

»Danke.«

»Was können wir denn jetzt machen?«

»Da habe ich schon eine Idee.«

»Welche?«

»Du spielst dabei eine Hauptrolle.«

»Was soll ich tun?«

»Die Botschaft für meinen Vater an dich nehmen!«

Randy hatte es ganz locker gesagt, doch Susanne war baff. Sie bekam blasse Wangen und wusste nicht, ob sie Randy anschauen sollte oder nicht. »Den – den Plan an mich nehmen?«, flüsterte sie.

»Ja.«

»Und dann?«

»Haben wir zumindest den Totengräber reingelegt. Irgendetwas muss passiert sein, deshalb will er den Plan jetzt haben. Nur kann ich ihm den nicht geben. Er ist der einzige Trumpf, den ich habe. Es geht um meinen Vater und auch um Turbo, meine Mutter und das Schloss. Hinter diesem Totengräber steht eine verfluchte Bande, die keine Rücksicht nimmt.«

Susanne schaute auf ihre Hände. »Als du auf der Toilette warst, hat mich dieser Totengräber besucht. Er wollte eigentlich zu dir.«

»Was hat er von dir gewollt?«, fragte Randy erregt. »Hat er dir etwas getan?«

»Das nicht. Er hat mich bedroht und gesagt, ich sollte mir besser einen anderen Platz suchen, weil es gefährlich ist, mit dir zusammen zu sein. Dann hat er noch für diesen Zug einen komischen Namen gehabt.«

»Jenseits-Express?«

»Ja. Du weißt Bescheid?«

Randy nickte. »Klar doch. Damit hat er auch mich einschüchtern wollen. Er hat mir erklärt, dass schon mancher Reisende mit diesem Zug in die Hölle gefahren ist.«

»Genau so hat er es auch mir gesagt. Glaubst du ihm?«

»Dem nehme ich alles ab.« Randy schaute sie an. »Hast du dich entschieden?«

Susanne verengte die Augen. »Es ist sehr wichtig für dich, nicht wahr?«

»Auch für meine Eltern.«

Sie nickte. »Na gut, ich werde den Plan an mich nehmen. Zum Glück haben wir das gleiche

Ziel.« Sie streckte die Hand aus. »Komm, gib ihn her.«

Randy griff in die Innentasche der Jacke und holte den Plan in dem braunen Umschlag hervor. Geheimplan Lemuria war auf der Vorderseite zu lesen.

»Das ist er also«, sagte das Mädchen fast ehrfurchtsvoll.

»Ja, das ist er.«

Sie nahm den Umschlag an sich, drehte ihn ein paar Mal in den Händen und ließ ihn dann in der Innentasche ihres Parkas verschwinden.

»Danke.« Randy straffte die Schultern. Er sah jetzt wieder besser aus. Man hatte ihm eine Last abgenommen.

»Du hast ja ein irres Vertrauen zu mir.«

»Das muss ich wohl.«

»Kannst du mir auch sagen, wie es weitergeht?«

»Nur ungefähr. Der Totengräber will den Plan haben. Irgendetwas muss schief gelaufen sein. Ich meine, dass ...«

Plötzlich war er da! Vielleicht hatte er schon länger im Gang gelauert. Jedenfalls riss er mit einem heftigen Ruck die Tür auf und stand auf einmal im Abteil.

Diesmal wirkte er noch böser, denn in der rechten Hand hielt er eine Pistole.

Susanne Nollen konnte nicht anders, sie musste sich einfach durch einen Schrei Luft verschaffen. Auch für einen Erwachsenen ist es ein Schock, wenn er plötzlich in die dunkle Mündung einer Schusswaffe blickt. Susanne erging es da nicht anders.

Sie zitterte, und als sie den Mund weiter aufriss, um abermals zu schreien, sagte der Knochige nur zwei Worte:

»Hüte dich!«

Das Mädchen blieb stumm, was der Totengräber mit einem Nicken honorierte. Mit seinen nächsten Worten wandte er sich an Randy: »Ich habe dir doch gesagt, dass sich einiges geändert hat. Vorhin hast du Glück gehabt. Jetzt ist es damit vorbei. Ich will den Plan, Junge! Ich will ihn haben, verstehst du?«

Randy schaute in die eiskalten Augen des Unheimlichen und nickte.

»Dann her damit!«

»Aber mein Vater – Man hat mir gesagt, dass ich den Plan nur ihm geben soll. Wenn ich mich nicht daran halte, wird meinem Vater etwas zustoßen … und … und … Alfred ebenfalls.«

»Das ist dein Problem, Junge – nicht meines! Ist eben Pech für dich, dass sich die Lage geändert hat.«

»Wie meinen Sie das?«

Der Totengräber schüttelte den Kopf. »Das hat dich nicht zu interessieren.«

Jetzt meldete sich Susanne zu Wort. »Wie heißen Sie eigentlich? Doch nicht Totengräber?«

Der breite Mund verzog sich zu einem Grinsen. »Nein, bestimmt nicht. Ich habe einen anderen Namen.«

»Welchen denn?«

»Namen sind Schall und Rauch. Für euch bin ich der Totengräber aus dem Jenseits-Zug. Und jetzt her mit dem Plan!«

»Ich habe ihn nicht!«

Das hätte Randy nicht sagen sollen. Der Knochige packte ihn mit der freien Hand, riss ihn vom Sitz hoch und drehte ihn um, dann setzte er ihm die Mündung der Pistole in den Nacken.

Randy spürte den kalten Druck der Mündung und bekam vor Angst kaum noch Luft. »Hast du ihn noch immer nicht?«

»Doch, ich …«

Der Totengräber hatte es eilig. Er wollte endlich zum Ziel kommen. »Ich weiß, dass du ihn in der Jacke hast!«, keuchte er. »Los, gib sie mir! Zieh sie aus und her damit!«

Randy zog die Jacke schnell aus, und der Totengräber nahm sie an sich. »Die kannst du später irgendwo suchen!«, keuchte er und sprang zurück.

In seinen Augen lag ein triumphierendes Leuchten, als er die Abteiltür aufriss. Die Waffe hatte er weggesteckt. Er knüllte Randys Jacke zusammen und klemmte sie sich unter den Arm.

Noch einmal ließ er ein hässliches Lachen hören, dann verschwand er aus dem Abteil. Die Tür zitterte noch nach, so heftig hatte er sie zugezogen.

Sekunden vergingen, in denen weder Susanne noch Randy etwas sagten. Schließlich sank Randy totenbleich auf den Sitz zurück, streckte die Beine aus und schüttelte den Kopf.

»Es hat geklappt«, sagte er. »Wir haben ihn täuschen können.«

Susanne nickte. Auch ihr war das Blut aus dem Gesicht gewichen. »Aber was ist«, fragte sie mit kaum hörbarer Stimme, »wenn der merkt, dass wir ihn gelinkt haben?«

Der Junge seufzte. »Daran, Susanne, darf ich gar nicht denken.«

»Der wird dann sicher gemeiner als gemein.«

»Das kannst du laut sagen.«

»Sollen wir uns verstecken?«

»Wo denn?«

»Vielleicht auf der Toilette. Wir könnten auch dem Schaffner Bescheid sagen, dass er die Polizei ...«

»Nein, keine Polizei!« Randy sah sie an. »Hast du ein Handy?«

Sie schüttelte den Kopf. »So was besitze ich nicht.«

Randy stand auf.

»Willst du weg?«

»Ja. Ich muss telefonieren.«

»Dann komme ich mit.«

»Nein, warte hier. Es ist besser. Wenn ich den Totengräber in die Arme laufe, kann ich ihn vielleicht hinhalten.«

Susanne überlegte. »Das passt mir überhaupt nicht.«

»Denkst du mir?« Er zuckte mit den Schultern.

»Na ja, ist gut. Wen willst du anrufen?«

»Meine Mutter!«

»Willst du ihr alles erzählen?«

»Um Himmels willen, dann würde sie sich nur unnötige Sorgen machen. Ich will nur wissen, ob zu Hause alles klar ist.«

Susanne nickte. »Wegen der Bombe, nicht?«

»Genau.«

Sie schüttelte sich. »Wenn ich daran denke, dann …« Sie wusste nicht mehr weiter und verstummte.

»Ich gehe dann jetzt«, sagte Randy und lächelte, obwohl es ihm schwer fiel.

Dann verließ er das Abteil.

Randy war bestimmt kein Feigling, doch als er jetzt durch die Wagen lief, war ihm ziemlich flau zu Mute. Die Furcht vor dem Totengräber begleitete ihn wie ein unsichtbarer Schatten. Was würde geschehen, wenn der Kerl merkte, dass er gelinkt worden war?

Der Totengräber ließ sich nicht blicken. Er saß auch in keinem der Abteile. In jedem, das Randy passierte, sah er nur ganz gewöhnliche Reisende sitzen.

Endlich fand er das Telefon. Es hing in Augenhöhe an der Wand. Randy holte ein paar Münzen aus der Tasche, las die Beschreibung durch und richtete sich danach.

Der Rufton erklang. Einmal, zweimal.

Randy scharrte ungeduldig mit dem rechten Fuß über den Boden. Sein Herz klopfte schneller. Hoffentlich konnte er sich beherrschen, wenn er die Stimme seiner Mutter hörte.

Nach dem vierten Durchläuten hob jemand ab. Schwach hörte er eine Frauenstimme: »Ritter!«

»Mum, bist du es?«

»Ja, Junge. Wie geht es dir?«

»Gut«, sagte er und ärgerte sich, dass seine Stimme so gepresst klang. »Hier ist alles in Ordnung. Und wie ist es bei euch?«

»Du kannst dir sicher vorstellen, wie es ist, wenn man weiß, dass man auf einer Bombe sitzt.«

»Klar.«

»Ela ist auch hier!«

Randy erschrak. »Weiß sie Bescheid?«

»Ich habe ihr nichts gesagt, aber sie benimmt sich recht seltsam.«

Am Apparat blinkte ein rotes Zeichen auf. Randy beeilte sich, weiterzusprechen: »Mum, das Gespräch ist gleich weg. Ich rufe später wieder an.«

»Gut, Randy, ich ...«

Nichts mehr, die Verbindung war unterbrochen. Randy atmete tief durch und hängte den Hörer ein. Er hatte feuchte Handflächen bekommen und wischte sie an den Hosenbeinen ab.

Der Zug hielt gerade wieder. Er war in den Bahnhof Karlsruhe eingelaufen. Randy schaute auf den Bahnsteig. Reisende stiegen ein und aus. Es war alles normal. Der Totengräber war nirgends zu sehen.

Der Aufenthalt war nur kurz. Bald schon rollte die lange Schlange der Wagen wieder an. Die nächste Station würde Baden-Baden sein.

Randy ging zurück in das Abteil. Susanne zuckte zusammen, als er es betrat.

»Hast du was?«, fragte Randy.

»Nein, aber du bist so lange fortgeblieben.«

»Das kam dir nur so vor.« Er setzte sich wieder.

»Was sagt deine Mutter?«

»Na ja, sie wartet. Was soll sie sonst tun?« Randy rieb die Handflächen gegeneinander.

»Und der Totengräber?«

»Den habe ich nicht gesehen.«

»Vielleicht ist er ausgestiegen.«

Randy nickte. »Das ist durchaus möglich.« Er grinste schief. »Dann wird er erst draußen feststellen, dass wir ihn reingelegt haben.«

»Bald sind wir in Baden-Baden, nicht?«

»Ja, wieso?«

»War nur eine Frage. Ich möchte was trinken.«

»Hier?«

»Nee.« Sie stand auf. »Im Speisewagen. Da fühle ich mich sicherer. Wenn der Totengräber noch im Zug ist, wird er es kaum wagen, uns dort anzugreifen.«

Da musste ihr Randy zustimmen. »Okay, ich bin dabei.« Er holte seine Tasche aus der Ablage.

Susanne öffnete behutsam die Abteiltür, schaute vorsichtig in den Gang und stellte fest, dass die Luft rein war.

Zum Speisewagen war es nicht weit. Die Zweiertische waren besetzt, also setzten sie sich an einem größeren Tisch. Sie setzten sich gegenüber, damit sie beide Richtungen im Auge behalten konnten.

»Ich komme mir vor wie in einem Krimi«, sagte Susanne.

Randy lachte. »Krimi ist gut.« Er schaute auf die Speisekarte. »Das hier ist kein Film und auch kein Roman.«

Sie entschieden sich für Saft, und Randy holte zwei volle Gläser. Als sie den ersten Schluck nahmen, lief der Zug gerade in Baden-Baden ein. Susanne und Randy machten die Hälse lang, um vom Fenster aus den Bahnsteig abzusuchen, doch der Totengräber war nicht zu sehen.

»Der steckt noch im Zug!«, flüsterte Susanne.

»Bestimmt.« Randy hob sein Glas. »Dann wollen wir mal sehen, wie es weitergeht«, sagte er und trank Susanne zu.

»Es wird schon klappen. Prost.«

Sie tranken, dann schauten sie sich verschwörerisch an, und Susanne wurde sogar etwas rot. Sie räusperte sich, senkte den Blick, doch ihr Kopf zuckte sofort wieder hoch.

Ein Mann war plötzlich an ihren Tisch getreten.

»Randy Ritter?«, fragte er.

Dem Jungen rann ein kalter Schauer über den Rücken.

Wer ist Jo Wilms?

Randy wollte nicht antworten, schaute Susanne an, die jedoch nickte ihm beruhigend zu.

»Ja, das bin ich«, sagte Randy also.

»Kann ich mich zu euch setzen?«

Erst jetzt sah Randy auf. Den Mann hatte er noch nie zuvor gesehen. Er war mittelgroß, hatte ein Allerweltsgesicht und kurz geschnittenes dunkelblondes Haar. Er trug ein graues Jackett und Jeans. Sein weißes Hemd stand oben zwei Knöpfe weit offen.

Er lächelte und setzte sich neben Randy. »Hat euch die Fahrt bisher gefallen?«

»Wieso? Warum wollen Sie das wissen? Und woher kennen Sie meinen Namen, Herr –?«

»Mein Name ist Wilms. Jo Wilms. Außerdem – wer kennt den Sohn von Peter Ritter nicht?« Jetzt lächelte er.

Randy war erstaunt. »Ach, Sie kennen auch meinen Vater?«

»Ja.«

»Woher?«

»Nun, das ist eine lange Geschichte. Eine sehr lange sogar. Dir muss es genügen, Randy, dass ich deinen Vater kenne.«

»Er hat Ihren Namen aber nie erwähnt.«

»Das glaube ich dir sogar. Du weißt selber, dass dein Vater in einer außergewöhnlichen Stellung arbeitet.« Jo Wilms blickte kurz zu Susanne Nollen hinüber, die natürlich interessiert zuhörte.

Randy begriff. »Sie können ruhig weitersprechen. Susanne ist eingeweiht.«

Jo Wilms nickte. »Okay, dann will ich nicht lange um den heißen Brei herumreden. Ich arbeite für die Firma FEC. Du kennst sie?«

»Nein.«

»Ich auch nicht«, sagte Susanne.

Jo Wilms lächelte. »Verständlich. Die Abkürzung FEC steht für ›Future Electronic Corporation‹. Wie der Name schon sagt, beschäftigen wir uns mit elektronischen Dingen, Software-Entwicklung und ähnliches. Allerdings nicht nur. Wir sind immer auf der Suche nach Innovationen, wenn ihr versteht?«

»Innovation?«, fragte Susanne.

»Das bedeutet soviel wie Erneuerung, die Einführung von etwas Neuem.«

»Aha.«

»Wie heißt du eigentlich?«, wurde das Mädchen gefragt.

»Weshalb wollen Sie das wissen?« Susanne war misstrauisch.

»Weil wir in nächster Zeit wahrscheinlich eine Menge miteinander zu tun haben werden.«

»Das ist Susanne Nollen«, gab Randy Antwort.

»Eine Freundin?«

»Eine Bekannte, Herr Wilms.«

»Schön, dann können wir ja weitermachen. Randy, dein Vater hat für uns gearbeitet, und er und wir haben in gemeinsamer Arbeit etwas entwickelt, das als einmalig bezeichnet werden kann.«

»Und was ist es?«

»Das kann ich dir leider nicht sagen. Jedenfalls ist es fertig. Dein Vater und wir wollten uns in der Schweiz treffen. Dazu ist es nicht mehr gekommen. Die andere Seite war schneller.«

»Wer ist das, die ›andere Seite‹?«

»Die Konkurrenz möglicherweise.«

»Haben Sie denn meinen Vater gesehen? In der Schweiz, meine ich?«

Wilms schüttelte den Kopf. »Nein. Wir waren in Kandersteg verabredet. Leider bin ich zu spät gekommen. Dein Vater war schon abgereist, so hieß es.«

»Aber das stimmte nicht, richtig?«

»So ist es. Man hat ihn entführt und hält ihn wahrscheinlich irgendwo dort gefangen.«

Jo Wilms merkte, dass der Junge zunächst einmal darüber nachdenken musste. Das tat Randy sehr gründlich und schüttelte dann den Kopf.

»Was ist?«

»Ich verstehe das nicht. Wenn Sie sich doch mit meinem Vater in Kandersteg treffen wollten, weshalb hat er dann seine Unterlagen nicht bei sich gehabt?«

»Das war eine reine Vorsichtsmaßnahme von ihm.«

»Warum hat er Ihnen die Unterlagen nicht als E-Mail geschickt?«

Wilms lachte. »E-Mails können abgefangen werden. Das wäre zu riskant gewesen. Aber – nein, das war nicht der wirkliche Grund. Den ›Geheimplan Lemuria‹ kann man nicht als E-Mail verschicken.«

»Warum nicht?«

»Das kann – das darf ich dir nicht sagen, Randy.«

Randy nickte. »Ich hoffe nur, dass ich meinen Vater finden kann«, sagte er leise.

»Um ihm die Unterlagen zu übergeben, richtig?«

»Woher wissen Sie das?«

»Vergiss nicht, dass unsere Firma mit deinem Vater zusammengearbeitet hat. Ich weiß, dass man dich losgeschickt hat, um deinem Vater die entsprechenden Unterlagen zu bringen. Du bist praktisch über deinen Vater erpresst worden.« Wilms schaute sich um. »Wenn du die Unterlagen bei dir hast, solltest du sehr gut auf sie Acht geben.«

»Darauf können Sie sich verlassen, Herr Wilms.«

»Ich befürchte nämlich, dass man dich nicht ohne Grund allein auf die Reise geschickt hat«, fuhr Jo Wilms fort. »Man wird versuchen, dir die Unterlagen abzunehmen.«

Randy zuckte mit den Schultern. Susannes warnender Blick wäre gar nicht nötig gewesen. »Bisher ist die Fahrt gut verlaufen«, sagte er betont gleichgültig.

»Tatsächlich?«

»Ja.«

»Dann habt ihr Krapka nicht gesehen?«

»Wen?«

»Krapka. Einen Mann, der aussieht, als hätte man vergessen, ihn zu begraben. Sein Gesicht gleicht einem Totenschädel, er trägt stets schwarze Kleidung und ist sehr gefährlich. Rücksicht kennt er nicht.«

»Soll der im Zug sein?«, fragte Susanne.

»Ja.«

»So einer wäre uns aufgefallen. Nicht wahr, Randy?«

Er nickte und bat, durchgelassen zu werden. »Ich muss auf die Toilette, Herr Wilms.«

»Natürlich. Aber gib Acht.«

»Klar doch. Besonders auf Krapka.« Randy grinste, als er den Namen aussprach.

Er hatte nicht vor, zur Toilette zu gehen. Randy wollte noch einmal bei seiner Mutter anrufen und sich dort erkundigen, ob sie diesen Jo Wilms kannte.

Die vergangenen Stunden hatten ihn gelehrt, misstrauisch zu sein, und zwar gegen jedermann.

Diesmal hatte er Pech, denn das Telefon war belegt. Er betete, dass der Typ, der am Apparat stand, nicht lange telefonieren würde, schaute derweil aus dem Fenster und klopfte nervös mit den Fingerspitzen gegen die Scheibe.

Der Zug rollte durch das breite Rheintal, eine flache Landschaft. Erst einige Kilometer später würden sie die Höhen des südlichen Schwarzwaldes sehen, wo auch der höchste Berg dieser Region, der Feldberg, lag.

Randy suchte nach Kleingeld. Einige Münzen hatte er noch. Er hoffte, dass sie reichten.

Endlich hängte der Mann am Telefonapparat ein. Er schien sich geärgert zu haben. Sein Gesicht war rot angelaufen. Er trug ein weißes Hemd, aber kein Jackett. Randy bedachte er mit einem fast wütenden Blick, was den Jungen nicht weiter kümmerte.

Er hob den Hörer ab, wählte und bekam wieder seine Mutter an den Apparat. »Hör zu, Mum, ich brauche eine Auskunft. Kennst du einen Mann namens Jo Wilms?«

Sie schien zu überlegen.

»Schnell, bitte.«

»Ja, Randy, den Namen habe ich schon mal gehört.«

»Hat ihn Dad erwähnt?«

»Ich glaube ja.«

»Der Mann ist nämlich im Zug und hat mich angesprochen. Ich weiß nicht, ob ich ihm trauen kann und ...« Da war das Gespräch weg. Randy hatte vergessen, Geld nachzuwerfen. Er überlegte, ob er noch einmal wählen sollte, ließ es aber bleiben. Er würde später noch einmal anrufen.

Dieser Jo Wilms war seinen Eltern also bekannt. Das aber hatte nichts zu sagen. Bei dieser Geschichte konnte jeder ein falsches Spiel treiben. Es gab keinen, dem er trauen durfte. Außer Susanne Nollen.

Plötzlich schob sich ein Arm an seiner Schulter vorbei. Lange, klauenartige Finger hielten ein Kleidungsstück umklammert.

Es war Randys Jacke!

Hinter Randy stand der Totengräber!

Krapka war schnell. Bevor Randy reagieren und sich vielleicht den Weg noch frei boxen konnte, hatte der Mann ihn bereits gepackt und gegen die Wand gedrängt. »Vermisst du deine Jacke nicht, mein Freund?«, höhnte er.

»Ja – schon.«

»Da hast du sie!« Er hielt Randy die Jacke vors Gesicht. »Du hast mich geleimt, Junge. Okay, das nehme ich hin.« Der Totengräber grinste breit und hässlich. »Aber jetzt – jetzt ist der Spaß vorbei. Ich habe dir gesagt, dass es ein paar Veränderungen gibt. Du müsstest wissen, welche.«

»N–nein.«

»Doch. Ich habe euch beobachtet. Dich und das Mädchen. Ihr habt im Speisewagen gesessen – zusammen mit einem Mann, der mir nicht unbekannt ist.«

»Mit Jo Wilms?«

»Ja, so heißt er.«

»Dann hat er etwas mit der veränderten Lage zu tun?«

»Allerdings.«

Randy hob die Schultern. »Ich weiß noch immer nicht, was Sie meinen, Mann«, sagte er. »Tut mir Leid.«

»Hat er den Plan?«

»Hören Sie, ich ...«

»Hat er ihn?«, zischte der Totengräber.

Randy wurde es zu viel. Krapka konnte ihm nichts anhaben, denn er musste damit rechnen, dass andere Reisende vorbeikamen.

Randy hob die linke Schulter an, drehte sich und rammte den gesamten Körper vor.

Krapka bekam den Stoß voll mit. Er trieb ihn in den Gang, und der Weg für Randy war frei. Er schnappte sich seine Jacke und huschte davon.

Als der Totengräber ihm ein Bein stellen wollte, sprang er darüber hinweg.

Krapkas Fluch begleitete ihn noch, als er bereits in den nächsten Waggon flüchtete.

Randy eilte durch den Gang in Richtung Speisewagen. Er atmete noch immer heftig, als er ihn betrat und sich dem Tisch näherte, an dem Susanne und Herr Wilms warteten.

Der Mann erkannte, dass etwas vorgefallen war.

»Und?«, fragte er.

»Krapka.«

»Wo?« Wilms stemmte sich hoch.

»Im Zug.« Randy setzte sich jetzt neben Susanne, die ihre Hand auf seinen Arm legte.

Beide sahen, wie sich Jo Wilms wieder setzte. »Ich wusste, dass er noch hier ist.«

»Und er weiß, dass Sie hier sind«, erklärte Randy.

»Was ist mit der Jacke?«

Randy hielt sie tatsächlich noch in der Hand. »Die gab er mir zurück.«

»Weshalb?«

»Er hat sie ihm vorhin abgenommen, weil er die Unterlagen haben wollte«, sagte Susanne.

»Und? Hat er sie bekommen?«

Susanne wollte etwas sagen, doch Randy trat ihr unter dem Tisch gegen das Bein. Nur nichts verraten, nur keinen Fehler begehen.

Susanne reagierte gut. Sie hob nichts sagend die Schultern.

»Hat er sie?«, zischte Wilms.

Randy nickte.

Der Mann vor ihm schloss für einen Moment die Augen. »Verflucht!«, flüsterte er. »Dann war alles umsonst.«

»Vielleicht können Sie ihm den Plan wieder abjagen«, schlug Randy vor. »Krapka kann nicht weg. Die Türen lassen sich während der Fahrt nicht öffnen. Bis wir in Freiburg halten, dauert es noch eine Weile.«

»Ja, das stimmt.«

»Dann kümmern Sie sich um ihn?«

Jo Wilms grinste schief. »Das werde ich wohl oder übel müssen, obgleich es mir nicht passt.«

»Denken Sie doch bitte auch an meinen Vater, ja?«

»Natürlich.« Jo Wilms hatte die Antwort in einem Tonfall gegeben, der Randy misstrauisch machte. Dieser Mann war nur an den Unterlagen interessiert. Was mit Dr. Ritter geschah, war ihm gleichgültig.

»Wir könnten ja zusammenbleiben und meinen Dad gemeinsam befreien«, schlug Randy scheinheilig vor.

»Erst müssen wir Krapka kriegen.«

»Kann er wissen, wo mein Vater gefangen gehalten wird?«

»Das ist möglich.« Wilms schaute auf seine Uhr, stand dann auf und holte dabei sein Handy hervor. »Ich werde zuvor noch telefonieren. Mal sehen, was mir meine Zentrale zu sagen hat. Bleibt hier sitzen, hier seid ihr sicher.«

»Wollen Sie nicht bleiben?«

Wilms schüttelte den Kopf. »Ich will das Gespräch ungestört von meinem Abteil aus führen.

Außerdem sollt ihr nicht alles mitkriegen.« Erklärend fügte er hinzu: »Das ist nur zu eurem Schutz.«

Randy und Susanne schauten Wilms nach, als er den Speisewagen verließ. Randy streifte wieder seine Jacke über. Aus den Augenwinkeln bekam er mit, dass Susanne den Kopf schüttelte. »Was hast du?«

»Weshalb hast du mich angestoßen? Warum durfte ich nichts sagen?«

Randy gab die Antwort mit sehr ernster Stimme. »Was immer auch geschehen mag, ich traue keinem. Nur dir, Susanne, dir vertraue ich. Ich weiß nicht, wer gegen wen spielt. Soll sich Wilms mit Krapka herumschlagen. Die beiden scheinen sich ja gut genug zu kennen.«

»Warst du wirklich auf der Toilette?«

»Natürlich nicht. Ich habe mit meiner Mutter telefoniert. Die kennt Wilms, kann ihn aber auch nicht recht einordnen. Deshalb bin ich so misstrauisch.«

»Das verstehe ich.« Susanne kaute nervös auf der Unterlippe. »Dass diese Reise so verlaufen würde, hätte ich mir auch nicht träumen lassen.«

»Und sie ist noch nicht zu Ende«, sagte Randy.

»Was kann denn noch passieren?«

»In einem Jenseits-Zug ist alles möglich.«

»Jetzt hör aber auf, Mann.«

»Krapka weiß jedenfalls, wo wir uns befinden«, sagte Randy leise. »Er hat uns zusammen mit Wilms gesehen. Vielleicht rechnet er auch damit, dass der Mann den Plan ...«

»Randyyy –!« Susanne zog den Namen in die Länge, dass fast ein spitzer Schrei daraus wurde. Während Randy auf die Tischplatte geschaut hatte, war ihr Blick die Tische entlang zur Tür gewandert.

Der Totengräber hatte den Speisewagen betreten und kam geradewegs auf den Tisch der beiden zu!

Dicht daneben blieb er stehen, beugte sich vor und stemmte die Hände auf die Platte. »Wo ist denn euer Freund?«

Randy gab sich locker und antwortete: »Der sucht Sie, Krapka.«

»Wie schön. Wenn er wiederkommt, könnt ihr ihm bestellen, dass ich noch immer der Bessere bin.«

»Er ist schon da!«, sagte Susanne, die die Eingangstür nicht aus den Augen gelassen hatte.

Krapka erstarrte. Er schien nicht einmal mehr zu atmen.

Auch Wilms hatte den Mann gesehen. Er kam näher, lauernd, abwartend.

Krapka hielt den Kopf schräg und starrte Wilms entgegen.

Susanne und Randy spürten, dass etwas in der Luft lag. Zwischen ihnen, Krapka und Wilms hatte sich eine Spannung aufgebaut, die wie ein Bann auf sie wirkte.

Krapka schnellte plötzlich aus seiner gebückten Haltung in die Höhe. Gleichzeitig drehte er sich, seine Hand verschwand im Ausschnitt des Jacketts, dann riss er eine Pistole hervor und richtete sie auf Jo Wilms.

»Keinen Schritt weiter!«, brüllte er. »Sonst schieße ich rücksichtslos um mich!«

Von einem Augenblick zum anderen hatte sich die Situation verändert, und mit einem Schlag waren auch alle Gespräche ringsum verstummt. Die Leute saßen auf ihren Plätzen, ohne sich zu rühren. Fassungslos starrten sie auf den Mann mit der Waffe.

Randy und Susanne erging es nicht anders. Nur saßen sie dazu noch in Krapkas Nähe. Er hatte seinen breiten Mund zu einem widerlichen Grinsen verzogen.

Wilms verhielt sich ruhig. Er schien sich in gewissen Situationen auszukennen und hatte die Hände halb erhoben, zum Zeichen, dass er nicht vorhatte, Widerstand zu leisten und andere in Gefahr zu bringen.

»Wo ist er?«, fragte Krapka. »Wo ist der Plan?«

Jo Wilms behielt die Nerven und schüttelte leicht den Kopf. »Ich habe ihn nicht, Krapka.«

Das wollte der Totengräber nicht glauben. »Ich mach dich fertig, Wilms!«, versprach er. »Nur eine Kugel und ...«

»Er hat ihn tatsächlich nicht!«, rief Susanne. »Ich ...«

»Halt deine Klappe!«

Randy warf dem Mädchen einen beschwörenden Blick zu, während Krapka mit der Waffe eine Bewegung machte.

»Was willst du, Krapka?«, fragte Wilms. »Ich hörte, dass sich der Plan in deinem Besitz befindet.«

Der Totengräber staunte. »Ich? Nein, ich habe den verdammten Plan nicht, Wilms. Was – was redest du da für einen Unsinn?«

Krapka war auf einmal verwirrt und hatte auch nur Augen für Wilms. Deshalb sah er nicht, wie sich andere Fahrgäste weiter hinten im Wagen erhoben und auf leisen Sohlen das rollende Restaurant verließen.

Randy fühlte sich noch weniger wohl in seiner Haut als schon zuvor. Er saß da, ohne sich zu rühren, und auch Susanne wagte kaum, Luft zu holen. Was sollte er tun? Die Wahrheit sagen? Aber was würde dann mit seinem Dad geschehen?

Es war still geworden. Doch Randy dachte daran, dass die Kunde vom Überfall sicherlich schon per Funk oder Telefon an den nächsten Bahnhof durchgegeben wurde. Dann wusste die Polizei Bescheid und würde sicherlich einschreiten.

Der Totengräber wandte sich nun an Randy, hielt jedoch weiterhin die Mündung der Waffe auf Wilms gerichtet. »Steh auf!«, befahl er mit seiner Grabesstimme. »Sieh zu, dass du hochkommst. Du hast mich lange genug an der Nase herumgeführt. Das ist vorbei, mein Junge. Ich verspreche dir, ich werde nun andere Seiten aufziehen.«

Randy starrte den Unheimlichen nur an. Er schaffte es einfach nicht, sich zu bewegen.

»Los, hoch mit dir!«

»Ja, ist gut!«

Randy erhob sich nur zögerlich. Neben ihm saß Susanne, bewegte die Lippen, ohne jedoch ein Wort hervorzubringen.

Randy hatte die Hände auf den Tisch gestützt und stemmte sich in die Höhe. Auch Susanne wollte aufstehen, doch die Waffenmündung zuckte blitzschnell herum. »Du bleibst sitzen!«, fuhr Krapka sie an.

»Ja, natürlich.«

Randy schob sich in den Gang. Krapka trat einen Schritt zurück, damit der Junge genug Platz hatte.

»Ich will den Plan!«, zischte Krapka. »Ich will ihn haben, und ich werde ihn auch kriegen! So oder so!«

Randy warf Jo Wilms einen Hilfe suchenden Blick zu. Der Mann beachtete ihn kaum. Er war viel zu sehr mit sich selbst beschäftigt.

Auch Randy stand unter Druck. Er dachte an seinen Vater und an Alfred. Es musste doch eine Chance geben, aus dieser verdammten Situation herauszukommen.

Aus den Augenwinkeln heraus sah er Susanne Nollen. Sie saß zwar noch, machte aber ganz den Anschein, als wollte sie jeden Augenblick aufspringen und etwas unternehmen.

Sie hatte den Plan. Würde sie die Nerven haben, ihn weiterhin versteckt zu halten? Ihr Gesichtsausdruck sagte Randy genug: Sie überlegte, ob sie nicht doch den Umschlag abgeben sollte.

»Und jetzt her mit dem verdammten Plan!«, brüllte Krapka.

»Denk daran, Krapka«, mischte sich in diesem Moment wieder Wilms ein, »du kannst mir nicht entwischen! Wir befinden uns hier in einem Zug.

Während der Fahrt ist es nicht möglich, die Türen zu öffnen und ...«

»Halt du die Klappe!« Krapka wandte sich wieder an Randy. »Los, der Plan!«

»Den kann ich Ihnen nicht geben«, sagte Randy, »weil ich ihn nicht habe!«

Das war für den Totengräber zu viel. Er stieß Randy hart vor die Brust. Der Stoß schleuderte den Jungen gegen einen Tisch.

Randy wollte wieder hochkommen. Dagegen hatte Krapka etwas. Er schaute schräg von oben auf ihn herab und schüttelte den Kopf. »Rühr dich nicht, mein Freund!« In seinen Augen funkelte wilde Wut. Er war fest entschlossen, bis zum Äußersten zu gehen.

Randy hatte Angst. Er schielte nach oben – und sah die Notbremse!

Randy schnellte in die Höhe, an Krapka vorbei, der von der Aktion viel zu überrascht wurde, um zu schießen.

Randy fasste mit einem zielsicheren Griff nach dem roten Hebel.

Dann riss er ihn nach unten!

Wo ist die Bombe?

Ela Schröder und Turbo hatten sich zwar vorgenommen, das Haus nach der Bombe zu durchsuchen, aber sie wussten noch nicht recht, wie sie den prüfenden Blicken von Frau Ritter entgehen sollten.

Turbo schüttelte den Kopf. »Es wird sehr schwierig werden. Außerdem denke ich an die beiden Typen, die sich Schmidt und Müller nannten. Die haben versprochen, das Schloss im Auge zu behalten.«

»Ich will aber nicht bloß herumsitzen.« Ela schaute auf die Uhr. »Lieber Himmel, ich habe meiner Mutter versprochen, pünktlich zum Mittagessen zu Hause zu sein. Ich müsste eigentlich ...«

»Ruf sie an und sag ihr, dass du bei den Ritters isst«, sagte Turbo. »Ungewöhnlich ist das ja nicht.«

Ela nickte. »Ich benutze das Telefon im Haus. Das ist billiger als mit dem Handy.« Sie stand auf. »Kommst du mit?«

»Klar.«

Frau Ritter stand in der Halle, als die beiden zurückkamen. Sie sah müde aus.

»Na«, fragte sie mit leiser Stimme, »seid ihr schon fertig?«

»Wir hatten keine Lust mehr auf die Ausstellung«, sagte Ela. »Darf ich mal bei mir zu Hause anrufen?«

»Sicher.« Marion Ritter war sichtlich verwirrt über Elas Meinungsumschwung.

Während Ela telefonierte, wandte sich Frau Ritter an Turbo. »Ihr habt bestimmt über die Bombe gesprochen.«

Turbo druckste erst herum, dann aber gestand er: »Ja, Ela weiß von der Bombe. Sie hat mich unter Druck gesetzt, da musste ich ihr alles erzählen.«

Marion Ritter schüttelte den Kopf.

»Wir haben uns so unsere Gedanken gemacht, Frau Ritter. Wir wollen die Bombe suchen.«

Sie erschrak. »Was wollt ihr?«

Turbo nickte entschlossen. »Denken Sie nicht ähnlich?«

»Ja, auch ich habe mit diesem Gedanken gespielt, aber ...« Sie hob die Schultern. »Das ist sehr riskant.«

»Klar, Frau Ritter.«

Ela kehrte zurück. »Ich kann bleiben«, sagte sie.

»Hast du deiner Mutter auch nichts erzählt?«, fragte Marion Ritter. »Du weißt von der Bombe, und ihr wollt sie suchen, hat mir Turbo erzählt.«

Ela zögerte mit der Antwort, dann sagte sie leise: »Ja.«

Frau Ritter holte tief Luft. »Ich weiß nicht, ob das der richtige Weg ist. Diese Verbrecher werden alles genau durchdacht haben. Man muss bei ihnen mit allem rechnen.«

»Womit denn?«

»Überleg mal, Ela: Die sind in der Lage, unser Telefon anzuzapfen. Vielleicht haben sie auch Abhörwanzen innerhalb des Hauses versteckt. Zeit genug scheinen sie ja gehabt zu haben, als sie in der Nacht hier waren.«

Da läutete wieder das Telefon. Frau Ritter hob ab. »Randy?«

Ela und Turbo lauschten gespannt dem kurzen Gespräch. Sie konnten Frau Ritters Antworten nicht viel entnehmen, aber es fiel ein neuer Name.

Jo Wilms!

Das Gespräch dauerte nicht lange. Kopfschüttelnd legte Marion Ritter das schnurlose Telefon auf die Kommode. Sie schien verwirrt.

»Ist was mit Randy?«, rief Ela erschrocken.

»Nein«, antwortete Marion Ritter. »Er hat wieder vom Zug aus angerufen, und er hat einen Mann namens Jo Wilms kennen gelernt. Angeblich ist der ein Bekannter meines Mannes.«

»Ist er das wirklich?«, fragte Ela.

»Tja, ich weiß nicht so recht. Den Namen habe ich schon irgendwann gehört, aber ich weiß nicht, wo ich ihn hinstecken soll.« Sie zuckte mit den Schultern. »Da bin ich überfragt.«

»Vielleicht ein Kollege?«

»Möglich, Ela. Du weißt, dass mein Mann einen außergewöhnlichen Beruf hat, und er erzählt eigentlich kaum von seinen Kollegen.«

»Wie hat denn Randys Stimme geklungen?«, erkundigte sich Ela. »Gehetzt oder …?«

»Er schien unter Druck zu stehen. Wahrscheinlich war er auch in Eile.«

»Kann ich mir denken.«

»Dann wird er überwacht«, sagte Turbo. »Hat er denn den Geheimplan noch?«

»Danach habe ich ihn nicht fragen können.«

Turbo schaute zu Boden. »Ich bleibe dabei, dass wir nach der Bombe suchen sollten.« Er schaute Frau Ritter an. Sie schien schwankend geworden zu sein. Turbo und Ela ließen ihr Zeit mit der Antwort.

»Und was würde geschehen, wenn wir die Bombe tatsächlich finden?«, sagte sie schließlich. »Habt ihr euch darüber schon Gedanken gemacht?«

»Wenn wir wissen, wo die Bombe versteckt ist«, war Turbo überzeugt, »sind wir zumindest schon mal einen Schritt weiter.«

Marion Ritter schaute Turbo an, überlegte angestrengt, dann nickte sie und sagte: »Gut, ich stimme euch zu. Wir werden die Bombe suchen.«

»Dann wollen wir mal«, sagte Turbo.

»Und wo willst du anfangen?«, erkundigte sich Ela. »Wo könnte man hier im Haus eine Bombe am besten verstecken?«

»Keine Ahnung, Ela. Und Sie, Frau Ritter?«

Marion Ritter dachte nach. »Ich habe ja in der Nacht etwas gehört. Es waren ungewöhnliche Geräusche. Leider weiß ich nicht, woher sie kamen. Ich hörte sie innerhalb des Hauses, da bin ich mir sicher. Aber von wo genau, das weiß ich nicht.«

»Vielleicht im Keller?«, fragte Turbo.

»Ja, ja!«, rief Ela. »Der ist ein gutes Versteck.«

»Obwohl man dort immer zuerst nachschaut«, gab Turbo zu bedenken.

»Irgendwo müssen wir ja anfangen.«

»Richtig, Ela«, meinte Marion Ritter. »Also versuchen wir es!«

Sie ging vor. Von der Halle aus konnte man durch eine Holztür in den Keller gelangen. Die

Tür lag etwas versteckt in einer kleinen Nische und war nicht abgeschlossen.

Frau Ritter öffnete. Feuchte und kalte Luft schlug ihnen entgegen.

Obwohl das Haus nicht weit vom Fluss entfernt lag, hatte es unterkellert werden können, da hier der Untergrund aus hartem Felsgestein bestand.

Marion Ritter schaltete das Licht ein, und die breite Steintreppe wurde sichtbar. Von der Deckenleuchte fiel der Schein auf die Stufen.

Ein eisernes Geländer zog sich an der rechten Wandseite entlang. Frau Ritter und die beiden Freunde stützten sich daran ab.

Ela gruselte immer ein wenig davor, den Keller des schlossähnlichen Hauses zu betreten. Oft war sie noch nicht unten gewesen. Jedes Mal erschien es ihr wie ein kleines Abenteuer.

»Hast du was?«, fragte Turbo, als er ihr Zögern bemerkte.

Frau Ritter blieb stehen und drehte sich um. »Ela, wenn du nicht mit hinunterkommen willst, dann bleib oben.«

»Nein, nein, Frau Ritter, es geht schon. Ich bin ja kein Kleinkind mehr.«

Unten an der Treppe blieb Marion Ritter erneut stehen. Der Keller war gut beleuchtet, kein Grusel-Verlies, wie man es bei einem Schloss hätte erwarten können, obwohl es hier unten versteckte Räume gab, die selbst Randy noch nicht betreten hatte. Es war auch die Rede von einem Geheimgang. Schon oft hatte Randy danach gefragt, aber stets nur ein Achselzucken als Antwort bekommen.

Links der Treppe stand ein hohes, schmales Regal. In den Fächern lag nicht nur Werkzeug, sondern auch eine Stablampe. Marion Ritter nahm sie an sich, probierte sie aus und nickte zufrieden, als der Lichtstrahl einen hellen Kreis auf den Boden zeichnete.

»Haben Sie eine Idee, wo wir anfangen sollen?«, fragte Turbo.

»Die habe ich. Sollten die beiden Verbrecher die Bombe tatsächlich hier unten versteckt haben, und zwar nicht in den Gängen, haben sie vielleicht eine der verschlossenen Türen aufgebrochen. Also überprüfen wir die Türen zuerst.«

»Gute Idee, Frau Ritter«, meinte Ela.

»Dann mal los«, sagte Marion Ritter. »Ich hoffe nur, dass Randy jetzt nicht anruft, während wir hier unten sind.«

Sie ging voran und auf eine Tür zu, die nicht mehr als ein Lattenverschlag war. Im Schein der Lampe besahen sich die drei das Türschloss.

Turbo schüttelte den Kopf. »Nein, Frau Ritter, da sind keine Spuren. Keiner hat daran herumgefummelt.«

»Meine ich auch.«

Sie nahmen die nächste Tür in Augenschein. In diesem Teil des Kellers reihten sich mehrere Türen aneinander. Erst weiter hinten zweigten Gänge ab.

Jedes Schloss schauten sie sich genau an und mussten erkennen, dass sich wohl niemand daran zu schaffen gemacht hatte.

Allmählich verflog ihre Euphorie und schaffte Ernüchterung Platz. Als sie alle Türen kontrolliert hatten, blieb Frau Ritter stehen und sah sich ratlos um. »Das war wohl nichts.«

»Und was ist mit den Geheimgängen oder Verliesen, wo selbst Randy nicht hin darf?«, fragte Turbo.

»Diese Räume gehören Alfred. Er hat dort einige Dinge untergebracht.«

Ela wurde sofort neugierig. »Was für Dinge denn?«

»Weiß ich nicht genau.«

»Erinnerungen aus seiner Zeit als Special-Effect-Man«, sagte Turbo. »Alfred war mal beim Film, er hat auch als Stuntman gearbeitet und einiges an Requisiten aus dieser Zeit mitgebracht.«

Elas Augen begannen zu leuchten. »Damit hat er doch die japanischen Gangster reingelegt, als die hier eingebrochen sind, um dein Schwert zu stehlen, richtig?«

»Genau.«

»Und was ist mit dem Geheimgang, Frau Ritter?«

»Wieso?«

»Es soll doch hier einen Geheimgang geben, wie ich gehört habe.«

»Darauf gebe ich dir keine Antwort, Ela. Du weißt, dass gewisse Dinge hier im Schloss tabu sind. Das gilt auch für den Turm, in dem mein Mann arbeitet und den selbst Randy nicht betreten darf.«

»Klar, Frau Ritter.« Ela nahm sich vor, das Thema vorerst nicht mehr anzusprechen.

Turbo schaute in einen etwas düsteren Gang, den das Licht nur spärlich beleuchtete.

»Ticken Bomben nicht?«, fragte er leise.

Frau Ritter drehte sich um. »Sag bloß, du hast etwas gehört?«

Turbo hob die Schultern. »Ich ... ich bin mir nicht sicher. Darf ich mal die Lampe haben?«

»Bitte.«

Turbo nahm sie und schaltete sie an. Der Strahl bohrte sich wie eine lange weiße Lanze in die Finsternis des Ganges – und traf auch ein Ziel.

Es war ein kleiner grauer Kasten, der dicht an der Wand stand und dort eigentlich nicht hingehörte.

Die drei hielten den Atem an, so dass jeder von ihnen das leise Ticken vernehmen konnte.

Sie hatten die Bombe gefunden!

Niemand von ihnen sprach. Wie erstarrt standen sie da. Allein das Wissen, so nahe vor einer Bombe zu stehen, die genug Sprengkraft hatte, um das gesamte Schloss in die Luft zu jagen, machte sie sprach- und atemlos.

Frau Ritter, die bisher die Nerven bewahrt hatte, schloss sekundenlang die Augen, als wollte sie einfach nicht wahrhaben, was sich nur wenige Meter von ihnen entfernt befand.

Turbo hielt die Lampe in der Hand. Er leuchtete den Kasten direkt an, und der Strahl zitterte. Reden konnte der Junge nicht. In seinem Hals saß ein dicker Kloß.

Es war ein simpler Metallkasten, graugrün gestrichen und leicht glänzend. Hebel oder Schalter konnten sie nicht erkennen. Möglicherweise befanden sich die Kontakte auf der anderen, ihnen abgewandten Seite.

»Das ist sie«, sagte Ela. »Das muss die Bombe sein.« Sie ging einen kleinen Schritt vor, wurde aber von Marion Ritter sogleich an der Schulter zurückgehalten.

»Nicht, bleib stehen.«

»Aber …«

»Bitte!«

»Schon gut, Frau Ritter!«

Marion Ritter wusste, dass es jetzt auf sie ankam. Sie durfte nicht die Nerven verlieren, so schwer es ihr auch fiel. Sie hatte als Erwachsene besonnen zu handeln, auch wenn sie sich vor diesem unscheinbaren Metallkasten fürchtete.

Wie vor dem leisen Ticken.

Es war ein Geräusch, das unter die Haut ging und an den Nerven zerrte. Ein leises Tick–tick–tick. Immer gleichmäßig, unaufhörlich. Leise, aber trotzdem laut klingend. Eine akustische Folter.

»Die war aber sehr einfach zu finden!«, flüsterte Ela. »Fast schon zu einfach.«

Turbo nickte. »Vielleicht ist das Absicht.«

»Wieso?«

»Sie lassen uns die Bombe finden, damit wir wissen, dass sie nicht geblufft haben.« Er schaute Marion Ritter an. »Darf ich mir den Kasten einmal anschauen?«

Sie überlegte und nickte schließlich. »Anschauen schon, aber nicht berühren.«

»Das ist klar, Frau Ritter. Ich – ich würde mich auch nicht trauen.« Da war Turbo ehrlich.

Er ging so vorsichtig in den Gang hinein, als würde er auf einem schmalen Steg balancieren, der über einen tiefen Abgrund führte.

Wer meint, er würde in einer solchen Situation keine Angst haben, der macht sich etwas vor. Das war auch Turbo klar. Er fühlte sich, als hätte man ihm eine Kette um die Brust gelegt, und jeder Schritt kostete ihn eine gewaltige Anstrengung. Der Gang schien endlos lang zu sein.

Als er vor dem Kasten stehen blieb, verschwammen die Umrisse vor seinen Augen, weil ihm der Schweiß hineingelaufen war. Langsam ging er in die Hocke. Mit angehaltenem Atem beobachteten Frau Ritter und Michaela Schröder jede seiner Bewegungen. Die Vierzehnjährige stand auf dem Fleck, als hätte man sie angeleimt, und sah gleichzeitig so aus, als befände sie sich auf dem Sprung nach vorn.

In den Knien knackte es, als Turbo unten ankam. Dabei tanzte der Lichtstrahl über die Wand, bis Turbo die Stableuchte wieder so hielt, dass sie den Kasten direkt traf.

»Da blinkt etwas«, berichtete er flüsternd.

»Was denn?«

»Ein kleines Lämpchen, Ela. Es leuchtet Rot.«

»Und das Ticken?«

»Dringt aus dem Gehäuse.«

Während die anderen schweigend warteten, überlegte Turbo, was er unternehmen sollte. Ihm kam eine Idee, und er sprach sie auch aus: »Ich könnte den Kasten hochheben und ihn wegbringen, Frau Ritter.«

»Nein, untersteh dich!«

»Weshalb denn nicht?«

»Wenn sie hochgeht …«

»Ja, aber es ist doch möglich, dass …« Er räusperte sich. »Also ich meine, dass wir die Bombe wegschaffen können. Wir gehen zum Rhein und werfen sie in den Fluss!«

»Du wirst dieses verdammte Mistding nicht berühren, Turbo! Hast du noch nie gehört, dass es Bomben gibt, die auf kleinste Erschütterungen reagieren?«

»Doch, schon.«

»Wer sagt dir, dass diese Bombe anders ist?«

»Niemand.«

»Dann komm bitte zurück!«

Turbo nickte. Frau Ritter hatte ja Recht. Es gab tatsächlich Bomben, die auf Erschütterungen reagierten. Deshalb war es besser, wenn er sich zurückzog und die Bombe dort ließ, wo sie war.

Vom Hocken war er steif geworden. Ganz langsam schraubte er sich wieder in die Höhe und drehte sich um. Auf ziemlich wackligen Knien und mit schweißfeuchtem Gesicht ging er wieder zurück. Als er die beiden anderen erreicht hatte, atmete er auf.

»Das war hart, nicht?«, fragte Ela.

»Und wie. So etwas habe ich bisher nur im Film gesehen. Wenn man es aber selbst erlebt, ist alles anders.« Turbo verzog das Gesicht und warf noch einen Blick in den düsteren Gang, wo der tickende Kasten stand. Er sah so harmlos aus, doch sein Inhalt war die Hölle.

Marion Ritter übernahm wieder die Initiative. »So«, sagte sie, »wir wissen jetzt, dass die beiden

Verbrecher nicht geblufft haben, und müssen uns damit abfinden.«

»Sollen wir wieder nach oben gehen?«, fragte Ela.

»Das wird am besten sein.«

So leise und vorsichtig, als trauten sie dem Boden unter ihren Füßen nicht, gingen sie die Stufen hoch. Der Stress der vergangenen Minuten hatte ihre Gesichter gezeichnet. Sie sprachen auch nicht.

Erst in der Halle redeten sie wieder.

»Es gibt natürlich eine Möglichkeit für uns«, sagte Turbo. »Wir könnten das Haus verlassen.«

Frau Ritter nickte. »Ja, das ist eine gute Idee. Du und Ela werdet verschwinden.«

»Sie nicht, Frau Ritter?« Michaela drehte sich überrascht nach ihr um.

»Nein, Ela, ich bleibe. Ich muss einfach bleiben. Schmidt und Müller haben alle Trümpfe in der Hand. Möglicherweise beobachten sie auch das Haus. Wenn wir alle weggehen, fiele das auf. Ihr könnt euch vorstellen, wie diese Männer dann reagieren.«

Das konnten Ela und Turbo. Sie sagten nichts, stimmten aber zu, das Schloss zu verlassen.

»Wo sollen wir denn hingehen, Frau Ritter?«

»Vielleicht zu dir nach Hause.«

»Und was soll ich meinen Eltern sagen?«

»Sollte dir da wirklich keine Ausrede einfallen?«

»Und Sie, Frau Ritter?«

»Ich werde darauf warten, dass sich Randy meldet oder dass ich von den beiden Männern Besuch bekomme. Der Zug wird am späten Nachmittag an seinem Zielort eintreffen. Ich gehe davon aus, dass wir bis zu dem Zeitpunkt in Ruhe gelassen werden.«

Ela Schröder erwiderte darauf nichts mehr, und auch Turbo gab keinen Kommentar ab. Schweigend verließen sie das Schloss, gingen ein paar Schritte, bis Ela stehen blieb und Turbo anschaute.

»Was hast du denn?«, fragte der junge Japaner.

»Hör mal. Wenn es stimmt, dass die Fremden das Schloss beobachten, werden sie doch in der Nähe sein, oder?«

»Möglich.«

»Sollen wir sie suchen?«

Turbo blickte zurück zum »Schloss«, an dessen Seite der Turm stand und einen langen Schatten warf. Die Antennen auf der Spitze des Turms blitzten im Sonnenlicht.

»He, rede schon!«, forderte Ela.

»Nicht so laut! Nun – die Idee könnte mir gefallen. Mal sehen, ob sie sich auch in die Tat umsetzen lässt.«

»Dann komm endlich.«

Ela lief zu ihrem Rad. Turbo folgte ihr mit langsamen Schritten. Sehr wohl fühlte er sich nicht.

Flucht – und Sieg?

Randy Ritter zog den Griff der signalroten Notbremse nach unten. Was er mit dieser Aktion auslöste, darüber war er sich in diesem Augenblick nicht bewusst. Er wollte nur aus seiner schlimmen Lage herauskommen und hatte nicht darüber nachdenken können, was eine Notbremsung für die anderen Reisenden bedeutete.

Der Zug bremste.

Und wie er das tat. Nicht stockend, nicht intervallweise – nein, das Ziehen der Notbremse bewirkte, dass das Tempo blitzschnell und rapide herabgesetzt wurde.

Randy kamen die folgenden Sekunden vor wie ein stundenlanger Albtraum, in dessen Mittelpunkt er sich befand. Tausend Hände schienen an seinem Körper zu reißen. Die Fliehkraft fegte ihn vom Tisch weg auf die Sitzbank und klemmte ihn dort erst mal fest.

Der Totengräber verschwand aus seinem Blickfeld, und Krapka segelte durch den Gang. Irgendwo zerklirrte auch Geschirr.

Die Räder schleiften über den Schienenstrang. In den anderen Wagen war ebenfalls die Hölle los. Das Gepäck machte sich selbständig und fiel auf die Reisenden, die aus den Sitzen gerissen wurden.

Auch Jo Wilms konnte sich nicht mehr auf den Beinen halten. Es war, als hätte ihm jemand den Boden unter den Füßen weggerissen. Mit beiden Armen schützte er den Kopf und prallte trotzdem mit der Stirn gegen die Kante einer Tischplatte.

Auch Susanne Nollen wurde von der Fliehkraft gepackt. Sie hatte eingeklemmt zwischen Bank und Tisch gehockt. Jetzt wurde sie förmlich in die Höhe gerissen und kippte über den Tisch hinweg. Sie rollte sich, so gut es ging, instinktiv zusammen. Es machte sich bezahlt, dass sie diesen Reflex bei der Reitausbildung trainiert hatte.

Dass Susanne auf der gegenüberliegenden Sitzbank landete und von dort aus in den Mittelgang geschleudert wurde, bekam sie nur am Rande mit. Dort aber blieb sie nicht liegen. Der Gegenschub riss sie nach vorn, dann wieder zurück. Sie hörte jemanden laut schreien, und es fiel ihr erst Sekunden später auf, dass sie es selbst war.

Etwas Hartes hämmerte in ihren Rücken, nahm ihr die Luft, und ihr Schreien verstummte. Sie hielt die Augen auch weiterhin geöffnet, und sie glaubte, über ihr würde sich alles heftig vor- und zurückbewegen.

Randy hatte das meiste Glück gehabt.

Obwohl die Fliehkräfte auch an seinem Körper zerrten, war es ihm gelungen, sich an der Bank so festzuklammern, dass er nicht in den Gang geschleudert wurde.

Er konnte allerdings nicht vermeiden, dass ihn ein letzter Schub unter den Tisch drückte, wobei er mit dem Gesicht an einem der Beine entlangschrammte und sich hart den Nasenrücken stieß.

Endlich, nach einer Ewigkeit, kam der lange Zug zum Stehen. Noch ein letztes Schütteln erfasste die Schlange der Waggons. Funken sprühten von Rädern und Schienen, die ein lautes Ächzen von sich gaben, als wäre das Metall lebendig.

Dann herrschte Stille.

Sekunden, Minuten?

Niemand der Betroffenen wusste es wohl zu sagen, auch Randy nicht, der stöhnend und schwer atmend unter dem Tisch hervorkroch.

Die linke Schulter tat ihm weh, die Nase sowieso, und auch das rechte Bein hatte in Höhe der Wade etwas mitbekommen. Mehr war ihm allerdings nicht passiert, und darüber war er froh.

Er lebte, er war nicht schwer verletzt, aber er dachte sofort an Susanne Nollen.

Wo steckte sie?

Randy richtete sich stöhnend auf. Genau in diesem Augenblick war es auch vorbei mit der Ruhe.

Normalerweise hätten die Passagiere in ihren Abteilen bleiben können oder sogar müssen, daran jedoch dachte niemand. Jetzt, da der Zug stand, konnten auch wieder die Türen nach draußen geöffnet werden. An fast allen Wagen flogen sie laut klappend auf. Zahlreiche Reisende sprangen hinunter auf den Bahndamm und rannten davon, als hätten sie Angst, dass der Zug jeden Moment in die Luft fliegen könnte.

Randy aber blieb. Er hatte den rechten Arm halb erhoben, und mit der Hand an der Tischkante zog er sich hoch. Dann stand er auf den Beinen und suchte nach Susanne Nollen.

»Susanne, wo …?«

»Hier, Randy, hier!« Die Stimme des Mädchens klang weinerlich. Von da, wo sie gesessen hatte, hatte sie nicht sehen können, wie er die Notbremse gezogen hatte. Sie kroch ebenso wie Randy unter einem Tisch hervor, blutete an der Lippe und wusste nicht, ob sie lachen oder weinen sollte.

Randy lief zu ihr, half ihr auf, holte ein Taschentuch hervor und tupfte das Blut von Susannes Lippe.

»Danke!«, keuchte sie und schaute ihn an. »Sag mal, hast du das gemacht?«

»Ja, ich hatte keine andere Möglichkeit mehr. Der Totengräber …«

Sie ließ ihn nicht aussprechen. »Wo ist er?«

Die Frage war für Randy wie ein Stichwort. »Ja«, flüsterte er, »wo steckt der Kerl?«

Er schaute sich um. Krapka war nirgendwo zu sehen, er musste den Wagen verlassen haben.

Jo Wilms hockte am Boden und stöhnte. Blut lief ihm aus einer Platzwunde an der Stirn und hatte sein Gesicht mit einem makabren Muster überzogen.

»Bleib du mal hier«, sagte Randy und lief zu ihm. »Herr Wilms, was ist? Wie geht es Ihnen?«

»Mies, Junge!«, keuchte der Mann. »Verdammt mies.« Er stöhnte erneut auf. »Das hatte mir gerade noch gefehlt.« Auch er holte ein Taschentuch hervor und wischte über sein Gesicht. Als er es wieder einsteckte, war der blütenweiße Stoff rot gefärbt.

Er presste die rechte Hand auf die Kante einer Sitzlehne, um sich abzustützen. »Irgendjemand hatte wohl einen Hammer und sich ausgerechnet meinen Schädel als Ziel ausgesucht. Verdammt auch.«

»Ich – ich – wusste mir nicht anders zu helfen, Herr Wilms.«

»Dir macht niemand einen Vorwurf, Randy. Es war vielleicht das Beste, das uns passieren konnte.«

»Krapka ist verschwunden.«

Wilms verzog das Gesicht und presste eine Hand gegen die Stirn. Ihn plagten mörderische Kopfschmerzen. »Tatsächlich?«

»Im Wagen habe ich ihn nicht mehr gesehen.«

Jo Wilms lachte leise. »So wie ich ihn kenne, hat er nicht das Weite gesucht. Der will den Plan. Hast du ihn?«

Schon waren sie wieder beim Thema. Randy suchte nach einer Ausrede und hatte Glück, denn in diesem Moment betrat einer der Schaffner den Wagen. Auch er sah ziemlich lädiert aus. Seine blaue Uniform hatte Schmutzflecken, und er hinkte auf dem linken Bein.

»Hat einer von Ihnen die Notbremse gezogen?«, fragte er schwer atmend.

Bevor Susanne oder Randy eine Antwort geben konnten, sagte Jo Wilms: »Nein, von uns war es niemand. Tut mir Leid, wir haben die Bremse nicht gezogen.«

»Moment mal!« Der Schaffner wies auf den herabgezogenen Griff. »Sie lügen, Meister!«

Wilms schüttelte den Kopf. »Ich habe nicht gesagt, dass die Notbremse nicht in diesem Waggon gezogen wurde. Es war nur keiner von uns dreien.«

»Wer dann?«

»Das habe ich nicht gesehen. Ihr vielleicht?«

Susanne und Randy schüttelten die Köpfe, obwohl sie beide rot geworden waren.

»Dann muss ich wohl weitersuchen«, brummte der Schaffner unzufrieden.

»Tun Sie das.« Wilms wartete, bis der Schaffner den Wagen verlassen hatte. »So, und wir werden uns auch umschauen.«

»Nach Krapka?«, fragte Randy.

»Natürlich. Solange der sich in unserer Nähe befindet, wächst die Gefahr von Minute zu Minute.« Er ging vor, und Randy war froh, dass er nicht mehr nach dem Plan fragte.

»Hast du ihn noch?«, flüsterte er Susanne zu.

»Ja«, hauchte sie zurück.

»Behalte ihn.«

Das Mädchen sah ihn fast entsetzt an. »Willst du das wirklich durchziehen?«

»Ich muss.«

»Und dann?«

»Keine Ahnung!«, zischte Randy. Er schaute zur Tür, wo Wilms bereits wartete.

»Was ist denn?«

»Wir kommen schon.«

Der Mann schaute sie recht seltsam an, gab aber keinen Kommentar ab.

Überall standen die Türen offen. Randy, Susanne und Jo Wilms sprangen direkt aus dem Speisewagen auf den Bahndamm hinunter. In den Abteilen saßen noch einige Reisende, die sich verletzt hatten, aber die meisten befanden sich bereits draußen. Einer der beiden Lokführer lief wild gestikulierend an der Wagenschlange entlang und redete mit dem Schaffner.

Randy schaute sich um.

Der Zug stand auf freier Strecke irgendwo zwischen Baden-Baden und Freiburg. Von den in dunstiger Ferne liegenden Höhen des Schwarzwalds wehte der Wind kühl in die Gesichter der Fahrgäste.

Felder umgaben den stehenden Zug. Nicht allzu weit entfernt schimmerten rot die Dächer kleiner Häuser. Auch ein Kirchturm schaute hinter hohen Bäumen hervor.

Jo Wilms hatte Susanne und Randy allein gelassen und war auf die andere Seite des Zuges gelaufen. Die Freunde hörten, wie Reisende sich ängstlich erkundigten, ob kein Gegenzug kommen würde.

»Nein, die Strecke ist gesperrt worden«, erklärte ihnen der Schaffner. »Wir haben Funk und Telefon.«

»Das ist gut.«

Susanne konnte nicht still stehen. Sie befand sich in andauernder Bewegung und musste sich immer wieder umschauen.

»Suchst du den Totengräber?«

»Ja.«

Randy hob die Schultern. »Ich glaube, dass der genau weiß, was er tut. Der hält sich so lange verborgen, bis der Zug wieder fährt.«

»Da, das sind sie!«, rief laut eine Männerstimme. »Die waren im Speisewagen, und der Junge hat die Notbremse gezogen! Das habe ich genau gesehen!«

Zusammen mit dem Schaffner kam der Mann auf Randy und Susanne zu.

»Oje, jetzt wird's brenzlig«, sagte Susanne.

»Das glaube ich auch.«

Der Schaffner blieb vor ihnen stehen. Es war derjenige, der sie schon im Wagen angesprochen hatte. Aus seinen dunklen Augen blickte er sie streng an, und der Mann neben ihm starrte ihnen ebenfalls in die Gesichter. Er war der farblose Typ des Spießers, zu dem der graue, unmodern geschnittene Anzug perfekt passte.

»Ich habe euch schon mal gefragt, ob ihr die Notbremse gezogen habt. Jetzt frage ich euch wieder«, schnarrte der Schaffner. »Habt ihr die Notbremse gezogen?«

Randy wusste, dass es keinen Sinn mehr hatte, zu leugnen. Er nickte und erwiderte: »Ja, ich habe sie gezogen!«

Tief holte der Schaffner Luft. Er blähte sich förmlich auf, erkundigte sich aber im scheinheilig freundlichen Ton nach dem Grund.

»Man bedrohte mich mit einer Pistole!«

Diese Antwort hatte der gute Mann nicht erwartet. »Red keinen Unsinn, Junge! Und grins mich nicht so unverschämt an!«

»Erstens grinse ich nicht, und zum zweiten stimmt es: Man bedrohte mich mit einer Waffe.«

»Wer?«

»Der Kerl ist verschwunden!«

Der Schaffner lachte fett. »Ja, das glaube ich. Ausreden, nichts als Ausreden! Und das soll ich dir glauben?«

Randy deutete auf den Spießertyp. »Fragen Sie doch diesen Herrn, der muss es gesehen haben, wenn er sich im Speisewagen aufgehalten hat. Alle haben es gesehen.«

Der Spießer reagierte so, wie er aussah: Nur nicht auffallen, sich aus allem heraushalten. Abwehrend streckte er die Hände vor. »Ich – ich habe nichts gesehen, überhaupt nichts. Sie können mir da nichts anhängen.«

»Der Mann lügt!«, sagte Susanne.

»Werd nur nicht frech, du Kröte!«

»Mal langsam«, sagte der Schaffner. »Haben Sie nun etwas gesehen oder nicht?«

»Nein, aber – aber es kann sein, dass es so gewesen ist. Ich – ich saß ein wenig unglücklich.«

»Aber Sie konnten erkennen, dass ich die Notbremse gezogen habe?«, rief Randy laut.

»Klar, ich ...« Der Typ verstummte, denn inzwischen hatten sich noch andere Reisende um sie geschart, unter anderem Leute, die ebenfalls im Speisewagen gesessen hatten.

Einer davon meldete sich zu Wort: »Der Junge sagt die Wahrheit. Da war tatsächlich jemand, der ihn mit einer Pistole bedroht hat. Ich muss gestehen, dass wir alle das Zugrestaurant verlassen haben. Ja, wir waren eben feige.« Er schaute Randy direkt an. »Tut mir Leid, Junge. Ich hätte ebenso gehandelt wie du. Ich hätte an deiner Stelle auch die Notbremse gezogen, ehrlich.«

Der Schaffner fuchtelte mit der Hand durch die Luft. »Wären Sie bereit, diese Aussage auch zu Protokoll zu geben?«

»Selbstverständlich.«

»Dann darf ich um Ihren Namen bitten.«

Der Mann nannte ihn und gab auch seine Adresse bekannt.

Randy atmete tief durch. Er war aus dem Schneider, aber den Totengräber hatten sie noch immer nicht entdeckt.

Der Spießertyp zog sich zurück, nachdem er Randy und Susanne noch mit einem wütenden Blick bedacht hatte.

Der Schaffner nickte dem Zeugen zu. »Es ist gut, Herr Schwarze, man wird später noch mal auf Sie zukommen.« Er wandte sich wieder an Randy. »Und mit dir muss ich auch noch reden. Wie ist dein Name?«

»Randy Ritter.«

»Kannst du dich ausweisen?«

»Natürlich.« Randy holte seinen Ausweis hervor.

»Du hast doch einen anderen Vornamen – du heißt Randolph.«

»Ich werde Randy gerufen.«

»Na ja, gut.« Er gab dem Jungen den Ausweis zurück, nachdem er sich die Personalien notiert hatte.

Der Lokführer gab Handzeichen. Sie galten dem Schaffner, der daraufhin eine Trillerpfeife aus seiner Brusttasche holte und einen schrillen Pfiff ausstieß. Jetzt war er der Aufmerksamkeit der Fahrgäste sicher.

»Hören Sie, meine Damen und Herren!«, rief er. »Wir haben soeben die Aufforderung zur Weiterfahrt erhalten. Bitte steigen Sie ein und begeben Sie sich wieder in Ihre Abteile. In Freiburg werden zwei Ärzte zusteigen. Wer sich Blessuren und Verletzungen zugezogen hat, kann sich von ihnen behandeln lassen.«

Einige der Leute schauten auf ihre Uhren. Die Verspätung passte ihnen nicht.

Randy und Susanne stiegen noch nicht ein. Beide hielten nach Jo Wilms und dem Totengräber Ausschau. »Wo mögen Sie stecken?«, flüsterte Randy, der unruhig wurde.

»Weiß ich nicht. Sollen wir noch warten?«

»Ja, bis alle im Zug sind. Ich schaue mich mal auf der anderen Seite um.«

»Sei aber vorsichtig, Randy.«

»Klar doch.«

Randy rannte zum Ende der Wagenschlange. Er war froh, dass er laufen konnte, ohne Schmerzen zu verspüren. Die Notbremsung hatte er gut überstanden.

An der anderen Seite des Zuges konnte er über die weiten Felder schauen bis hin zum Dorf, um das eine Straße herumführte. Die dort fahrenden Wagen kamen ihm sehr klein vor.

Alles sah harmlos aus und friedlich.

Zu friedlich.

Randy schaute noch einmal genauer hin und wollte sich schon abwenden, als ihm etwas auffiel.

Nicht weit entfernt, maximal zehn Schritte, sah er etwas Dunkles im Gras liegen. Was es genau war, konnte Randy nicht erkennen, erst als er näher kam, wusste er Bescheid.

Es war Jo Wilms!

In diesem Augenblick vergaß Randy, dass er in den Zug einsteigen musste. Er lief auf den Mann zu, der auf dem Rücken lag und leichenblass im Gesicht war.

Tot!, schoss es Randy durch den Kopf. Der ist tot!

Es kostete ihn schon einige Überwindung, auf Wilms zuzugehen und sich neben ihn hinzuknien. Er legte zwei Finger an die Halsschlagader des Mannes, und ein Stein polterte ihm vom Herzen.

Wilms war nicht tot, nur bewusstlos. Aber was war geschehen? Die Antwort lag auf der Hand. Krapka musste ihn erwischt haben.

Als Randy daran dachte, rann ihm eine Gänsehaut über den Rücken. Der Totengräber musste noch in der Nähe lauern. Ein Typ wie er floh nicht, bevor er nicht sein Ziel erreicht hatte.

Der Wind fuhr in Randys Haar und wehte auch Susannes Ruf an seine Ohren.

»Randy, wir müssen einsteigen!«

Er drehte sich um.

Susanne Nollen stand in Höhe des letzten Wagens, ein paar Schritte vom Schienenstrang entfernt. Die Reisenden waren schon allesamt eingestiegen.

Das Mädchen winkte. »Komm doch, Mensch! Die fahren sonst ohne uns ab!«

Randy setzte sich in Bewegung, aber nach dem ersten Schritt stockte er.

Auf dem Dach des letzten Waggons hatte er eine Bewegung gesehen. Jemand hatte dort gehockt, der sich jetzt zu voller Größe aufrichtete.

Der Totengräber!

Er grinste bösartig, und er hielt wieder die Pistole in der Hand.

»Ich bin mir sogar sehr sicher, dass der Zug ohne euch abfahren wird«, sagte er laut und lachte dabei.

Randy und Susanne rührten sich nicht. Der Totengräber, der breitbeinig auf dem Zugdach stand, zielte direkt auf Susanne Nollen.

»Los«, befahl er, »geh zu ihm!«

Susanne zögerte noch.

»Geh!«, schrie der Totengräber.

Susanne zuckte wie unter einem Peitschenhieb zusammen. »Meine – meine Tasche ist noch im Zug!«

»Egal! Geh zu ihm!«

Sie tat es, erst zögernd, dann schneller. Sie stolperte über eine kleine Erhebung im Boden, konnte sich aber fangen, und schließlich hatte sie Randy erreicht.

Im gleichen Augenblick rollte der Zug an.

Der Totengräber hatte einen Fehler begannen. Er hatte wohl nicht damit gerechnet, dass der Zug so früh anfahren würde.

Randy schaute hoch zu Krapka, der plötzlich aussah wie ein ungeschickter Turner. Er hatte die Arme hochgerissen, der Schwung des anfahrenden Zuges drückte ihn zurück und zwang ihn zu einem verzweifelten Sprung in die Tiefe – glücklicherweise auf die Seite, die Randy und Susanne abgewandt war.

Das war ihre Chance!

»Los jetzt!«, rief Randy. »Wir hauen ab!«

Susanne begriff, stellte aber noch hastig eine Frage: »Und der Zug?«

»Egal, das packen wir irgendwie. Kannst du laufen?«

»Klar doch!«

Beide gaben Fersengeld. Randy dachte darüber nach, wann er zuletzt so gerannt war wie in diesem Augenblick. Er konnte sich nicht daran erinnern.

Susanne atmete schnell und heftig, hielt aber gut mit, während sie über die Äcker und Wiesen rannten.

Sie mussten das Dorf erreichen, bevor Krapka sie erwischte.

Randy traute sich nicht, einen Blick zurückzuwerfen. Er rannte, als wäre der Leibhaftige persönlich hinter ihm her.

Der Zug entschwand in der Ferne. Er rollte in Richtung Süden, der Stadt Freiburg und somit auch der Schweizer Grenze entgegen. Für die beiden Freunde hatte der Jenseits-Express zunächst einmal seinen Schrecken verloren.

Ihre Sorgen waren andere.

Susanne Nollen fiel nun doch etwas zurück. Aber Randy musste ohnehin abbremsen, weil plötzlich Stacheldraht vor ihm auftauchte. Der Zaun grenzte eine Weide ein, auf der Kühe grasten oder faul in der herbstlichen Sonne lagen. Randy rutschte auf dem feuchten Gras aus und fiel direkt in den Stacheldrahtzaun.

»Mist auch!«, schimpfte er. Sein linkes Hosenbein hatte sich in den Stacheln verhakt. Randy zerrte daran, die Stacheln rissen ein kleines Loch in den Stoff, was den Jungen aber nicht weiter störte.

Susanne stand nun neben ihm und schaute zurück. Auch Randy drehte sich um und folgte ihrem Blick.

Sie sahen Krapka.

Er hatte den unfreiwilligen Sprung überstanden und dachte gar nicht daran, aufzugeben. Er wirkte wie eine Gestalt aus einem Gruselfilm, während er in ihre Richtung rannte.

Und er hielt die Pistole noch immer in der Hand!

Susanne übersprang den Zaun als Erste und landete genau in einem braunen Kuhfladen. Sie rutschte aus, schimpfte, rappelte sich aber schnell wieder auf.

Die Gesichter der Jugendlichen waren erhitzt. Sie schwitzten, sie keuchten heftig, aber sie liefen weiter.

Jenseits der Wiesen befand sich ein Feldweg, den sie erreichten, als der Totengräber gerade über den Zaun sprang und sich anschickte, die Weide zu überqueren.

Er blickte zu ihnen hinüber und gestikulierte wild mit seinen Armen. Die Pistole hielt er weiterhin in der Hand.

Er schoss aber nicht.

Geduckt rannten die beiden weiter. Allmählich glaubte Randy, dass sie es tatsächlich schaffen konnten.

Auf dem Feldweg blieben sie für einen Moment stehen, um sich zu orientieren. Vor ihnen gabelte sich der Weg. Sie liefen weiter auf das Dorf zu, aber sie waren nicht mehr so schnell wie zuvor, denn die wilde Jagd über die Wiesen hatte sie erschöpft. Ihre Beine waren müde geworden. Es fiel ihnen schwer, die Füße zu heben. Immer wieder stolperten sie über die Buckel auf dem holprigen Feldweg.

Rechts von ihnen lag ein großes Feld, über das ein Bauer mit seinem Traktor fuhr.

Im Dorf läutete eine Kirchenglocke, und sie hörten das Hupen von Autos.

Erst jetzt blickte sich Randy wieder um und blieb stehen.

»Was ist denn los?«

Keuchend stieß er die Antwort hervor: »Ich sehe den Totengräber nicht mehr!«

Susanne wandte den Kopf und strich sich eine schweißnasse Haarsträhne aus der Stirn. »Ja, stimmt. Er ist nicht mehr da. Hat der aufgegeben?«

»Nein!« Randy schüttelte den Kopf. »Der nicht. Der gibt so schnell nicht auf. Krapka hat sicherlich noch einen Trick auf Lager.«

»Es gibt doch hier weit und breit keine Verstecke. Das Land ist einfach zu flach.«

Randy deutete mit dem rechten Arm einen Halbkreis an. »Vielleicht hat er einen Bogen geschlagen.«

Susanne atmete ein paar Mal tief durch. »Dann müssen wir uns beeilen, bevor er uns den Weg abschneiden kann.«

Randy begann wieder zu laufen. Das Mädchen hielt sich an seiner Seite und stieß hervor: »Ich frage mich nur, wie es weitergehen soll.«

»Das werden wir sehen. Jedenfalls müssen wir in Richtung Freiburg.«

»Willst du da den Zug erreichen?« Als Randy nickte, fing sie an zu lachen. »Du machst Witze! Das ist unmöglich. Wir können doch nicht schneller sein als der Zug!«

»Vergiss nicht, dass der Schaffner von einem längeren Aufenthalt in Freiburg gesprochen hat. Da werden erst mal Ärzte in den Zug steigen und sich die Verletzten anschauen. Außerdem wird die Polizei die Fahrgäste befragen, schließlich hat Krapka vor aller Augen mit einer Schusswaffe herumgefuchtelt. So was dauert.«

»Ja, stimmt.«

Der Feldweg führte sie zu der breiten Umgehungsstraße des Dorfes. Ein mit Erde verschmutzter Steg führte über einen Graben mit trübem Wasser. Ihn benutzten die Bauern mit ihren Traktoren, wenn sie vom Feld kamen und in das Dorf zurück wollten.

Randy und Susanne mussten eine Weile warten, bis die Straße frei war. Randy hielt die Hand des Mädchens. Beide schauten nach links und rechts, dann gab Randy das Kommando: »Los jetzt!«

Rasch überquerten sie die Fahrbahn und sahen einen schmalen asphaltierten Weg, der auf das Dorf zuführte. An dessen Rand lagen die Gärten einer Reihe ziemlich neu aussehender Einfamilienhäuser.

Susanne wollte nicht mehr weiter.

»Was hast du?«

»Sollen wir es nicht lieber per Anhalter versuchen?«

»Daran habe ich noch gar nicht gedacht.« Randy nickte eifrig. »Die Idee ist nicht schlecht.«

»Meine Eltern haben mich immer davor gewarnt«, erklärte Susanne.

»Aber jetzt sind wir zu zweit«, sagte Randy. »Pass auf, du musst winken, und ich behalte die Umgebung im Auge, falls dieser Krapka doch noch auftaucht.«

»Ja, mach ich.« Das Mädchen stellte sich an den Straßenrand, hob die Hand und spreizte den Daumen ab.

Autos rollten heran. Fahrer drehten ihre Köpfe, sahen die beiden Jugendlichen, gaben Gas, grinsten, manche winkten sogar und lachten, und Susanne fluchte über diese miesen Typen. »Die sind ja widerlich!«

»Reg dich nicht auf! Mach einfach weiter!«

»Ja, ja.«

Ein feuerroter BMW flitzte über die Straße. Er fuhr viel zu schnell. Keiner der beiden rechnete damit, dass der Wagen anhalten würde, doch der Fahrer trat plötzlich auf das Bremspedal. Die Reifen radierten über den Asphalt, dann stand der Wagen.

»Klasse!«, rief Susanne und lief auf den Wagen zu, als die Tür geöffnet wurde. Ein Arm erschien, ein schwarzes Hemd oder Jackett …

Susanne schrie auf, blieb abrupt stehen und musste einen Moment später lachen. Es war nicht der Totengräber, der hinter dem Lenkrad saß, sondern eine Frau, die eine schwarze Kostümjacke trug. Ihre blonden Locken bildeten dazu einen auffallenden Kontrast.

»Wollt ihr mit?«

»Klar!«, rief Susanne. »Fahren Sie denn nach Freiburg?«

»Ja, da muss ich hin.«

»Wir müssen zum Bahnhof!«

»Zug verpasst?«

»So ähnlich.«

»Okay, steigt ein! Ich habe einen Termin und nicht viel Zeit.«

»Danke.«

Susanne setzte sich neben sie. Die Frau roch nach einem teuren Parfüm. Sie sah aus wie jemand, der mit Mode zu tun hat oder in der Werbung arbeitet. Jedenfalls machte sie auf Susanne diesen Eindruck.

Randy klemmte sich auf den Rücksitz und hatte die Tür kaum zugeschlagen, als die Fahrerin Gas gab und der feuerrote BMW einen regelrechten Sprung nach vorn machte. Eilig schnallte sich Randy an.

Sie wurden hart in die Polster gepresst.

»Wie heißt ihr eigentlich?«, fragte die Frau.

»Ich bin Susanne, und da hinten sitzt Randy.«

Die Frau schaltete in den vierten Gang. Der Wagen jagte über den Asphalt wie eine Rakete.

»Und wie heißen Sie?«, wollte Susanne wissen.

Die hellrot geschminkten Lippen verzogen sich zu einem Lächeln. »Ich bin Bettina Lange. Ihr könnt aber Betty sagen, hört sich besser an.« Sie löste eine Hand vom Lenkrad und fuhr sich mit den Fingern durch die blonden Locken.

»Toll, dass Sie uns mitgenommen haben, Betty.«

»Besser ich als irgendein Typ, der – na ja, ihr wisst schon.«

Randy lehnte sich wieder zurück und schaute aus dem Fenster. Vor ihnen tauche eine Kreuzung auf. Von rechts kamen weitere Fahrzeuge, unter anderem ein Traktor, der von einem dicken Mann gelenkt wurde.

Hinter dem Traktor erschien plötzlich eine Gestalt.

Krapka!

Er humpelte. Beim Sturz vom Zugdach oder beim Laufen hatte er sich wohl den Fuß verletzt. Er schaute auf den Wagen, der mit seiner feuerroten Lackierung auffiel.

Randy sah, wie der Totengräber abrupt stehen blieb. Genau in diesem Moment musste er sie entdeckt haben.

Dann waren sie an ihm vorbei.

Randy drehte sich um. Krapka stand am Straßenrand und drohte mit erhobener Faust hinter ihnen her, doch seine Gestalt wurde bereits kleiner und kleiner.

»War etwas?«, fragte Betty Lange.

»Nein«, antwortete Randy, »alles in Ordnung.« Susanne hatte den Totengräber offenbar nicht gesehen, sonst hätte sie etwas gesagt. Randy beschloss, ihr gegenüber den Mund zu halten. Er wollte sie nicht noch mehr beunruhigen.

Sie erreichten Freiburg. Von weitem schon sahen sie den Turm des Freiburger Münsters, ein Wahrzeichen der Stadt.

Betty Lange kannte sich in Freiburg aus. Sie kurvte durch die engen Straßen und stoppte direkt vor dem Bahnhof. Auf dem Vorplatz ließ sie den Wagen ausrollen.

»So, da wären wir! Alles Gute.« Sie gab den beiden die Hand. Randy und Susanne bedankten sich so überschwänglich, dass Betty Lange fast rot wurde. »Jetzt aber marsch!«, rief sie. »Sonst erreicht ihr euren Zug nicht.«

»Ja, auf Wiedersehen!«

Betty Lange nickte. »Auf Wiedersehen, ihr beiden«, sagte sie in einem etwas ungewöhnlichen Ton. Einen Moment später gab sie Gas und rauschte davon.

Randy und Susanne betraten die Bahnhofshalle und liefen auf die Treppe zu, die zum Bahnsteig hochführte. »Und wie geht es weiter?«, wollte Susanne wissen

»Das kann ich dir sagen: Wir werden in die Schweiz fahren und versuchen, in Kandersteg meinen Vater zu finden und ihn und Alfred zu befreien. Aber ...« Er blieb auf der Stufe stehen und schaute Susanne an. »Aber du brauchst nicht mit. Schließlich warten deine Verwandten auf dich.«

Susanne Nollen lachte. »Das hast du dir so gedacht. So einfach wirst du mich nicht los. Schließlich will ich etwas Bestimmtes wissen.«

»Und was?«

»Geheimplan Lemuria, mein Junge. Denk daran, dass ich ihn habe. Ich bin irre gespannt darauf, welches Geheimnis sich dahinter verbirgt. Du nicht auch?«

Randy lächelte schief.

Sie erreichten den Bahnsteig, wo ihr Zug tatsächlich noch stand. Randy dachte an zu Hause, an seine Mutter, an Turbo und auch an Ela.

Wie mochte es den dreien ergangen sein? Er würde so rasch wie möglich zu Hause anrufen.

Uniformierte Polizisten und zwei Ärzte in weißen Kitteln verließen gerade den Zug. Sie hatten ihre Arbeit getan, die Notärzte hatten die Verwundeten versorgt, die Polizisten die Zeugen befragt und Nachforschungen angestellt, die jedoch vorerst im Sande verlaufen waren; natürlich hatten sie weder den Pistolenmann noch seine drei Opfer finden können.

Lästigen Fragen wollten Randy und Susanne entgehen. Es gelang ihnen tatsächlich, ungesehen in den Zug zu gelangen, wo sie sich auf der Toilette versteckten.

Niemand störte sie.

Endlich, es kam ihnen wie eine Ewigkeit vor, fuhr der Zug wieder an.

Beide waren etwas blass um die Nase, als sie sich anschauten. Dann verließen die beiden den kleinen Raum.

Der Jenseits-Express hatte sie wieder.

Und das Abenteuer ging weiter.